文春文庫

芝公園六角堂跡

狂える藤澤清造の残影

西村賢太

文藝春秋

目次

芝公園六角堂跡

二〇一五年二月の、肌寒き夕方である。

その時分になって、本日初めて屋外へ出てきた格好の北町貫多は、流しのタクシーを拾うべく通りの車道に一歩踏みだし、すでに暗くなった空の下にボンヤリと立っていた。

で、その彼は、ふと気付けば四辺がいつになく静まりかえっていることに、訝しきものを覚える。

この違和感は、やっとのことで通りかかったタクシーに乗り込み、飛鳥山を廻って本郷通りを上がってゆくにつれ、ますます増幅されてきた。

いったいに、本郷通りは上下も時間帯も問わず、滅多に渋滞のないのが常だったが、この日はやけにこう、前をゆく車も行きかう車も少ないのである。

と、左側に駒込の駅があらわれ、その先の都バスのロータリーに差しかかった際に、停車していた一台の前面に日の丸の旗が掲げられているのに気付くと、そこで彼はようやくに今日が祝日——建国記念の旗日であったことに思い当たる。

なれば道路がガラ空《す》きなのも得心がいったし、事実その後も聖橋を曲がり、日比谷通りを御成門の先のところで右折し、赤羽橋の方から廻り込んでその地に到着するまでは、都合僅か二十五分程度しか必要としなかったのである。

これは最前に、宿の前でタクシーを待っていた無為の時間と、ほぼ同タイムだった。

はな、貫多の見積もりでは車待ちで最大五分、そしてそこからの道程には少し多めに四十五分と見て、計五十分を所要時間として思い描いていた。

それだから、ヘンに人っ気のない通りでもって延々と空車を待っていたときは、既んでのところで王子駅へ走り、電車での移動に変更しようとしていたが、結句《けっく》は当初の読みに沿ったかたちで、予定どおりの十分前に到着することができたわけである。

しかし貫多は、その会場――先年に聳《そび》え立ったタワーホテルの玄関口へは車を横付けにせず、手前の車道の片隅でタクシーを降りた。

そこへ赴く前に、煙草を吸いだめしておきたかったのである。

その彼は、ホテルの敷地内となるギリギリ外のところで、意識的に体を一つの方向へ固定した。

背後の、車道の側を振り返りたい気持ちを無理に堪え、前方の、十数年前まではボウリング場だった、かのホテルの正面に顔を向け、視線はその左横なる東京タワーの鮮やかな赤と橙の灯りへ虚ろに投げる。この位置からは、眼前のホテルの方が高く見えるのが不思議な感覚である。

そして、二本のラッキーストライクを共にフィルター近くまできっちり吸い上げてから、やはり振り返りたい思いを再度捩じ伏せ、その建物の玄関ホールへと歩を進めてゆくのだった。

で、この瞬間から貫多の意識は、うまい具合にJ・Iさんの音楽世界の方に切り換わってくれたようでもあった。

それはホテル内に入り、会場となるスペースへの案内板なりと見つけるべく、辺りをキョロキョロと見廻しているときには、何んだか一種の昂揚感みたようなものにも変じていた。

最早一刻も早く、J・Iさんの歌とドラムを生で聴きたくて、ヘンな焦りすらも生じていたのである。

元来貫多は、音楽にはそう興味のある質でもない。

ミュージシャンのライブなぞ云うのも、J・Iさん以外のものは一度も足を運んだ様《ため》しがないし、また運ぼうと云う気もまったく持ち合わせてはいない。なので、かようなホテルにおけるライブ会場と云うのも、これは一体どのような空間であるのかトンと見当もつかず、いずれは貸し広間の類かとも思っていたのだが、実際のそれは、レストランと云うかバーと云うか――つまりは根がどこまでも土方スタイルにできてる貫多とは、およそ無縁の雰囲気を放つ店内にあるものらしかった。

彼はこれを、案内板に従って辿り着いたところの、該店の入り口辺で中を覗き込み、そしてマゴついているときに知った。すぐさま奥から現われ出てきた、リュウとした黒スーツ姿の従業員によって、この事実を教えられることとなったのである。

その従業員は、

「もう始まるところですので、急いでこちらへ——」

と急かし、しかしながら決して貧乏臭い小走りなぞはせぬ、至ってエレガントな足の運びでもって、先に立っての案内もしてくれるのだ。

入ってみると、何やらそこは随分と奥行きを有していた。

と、かの三十代と覚しき従業員は、会場への入口になるらしき開け放ってある扉の手前まで来ると、何かを思いだしたようにつと足を止め、貫多の方に優雅な身ぶりで身体をひねって、

「チケットは、お持ちになっていらっしゃいますか？」

丁寧な口調で尋ねてくる。

さすがにこれだけの巨大なホテルのボーイだけあって、その身のこなしや応対はスマートで、ひどく教育が行き届いているものだと感心しきりだった貫多は、この突然に発せられた問いには思わず虚を衝かれ、

「いえ、ぼく持ってません」

と、バカのように素直な口調で答えてしまう。

すると驚いたことに、それまでエレガントだった従業員は、いきなり顔を上にのけぞらせて天を仰ぐようなアクションをみせ、次には苦笑いを浮かべた目つきを無遠慮に貫多の方へ向けてきたのである。

それは恰も、〝あちゃー〟とでも云わんばかりの風情である。いかさも三本足りなさそうな者に向ける、憐憫とも嘲けりともつかぬ目付きでもある。

これに貫多は条件反射的にカチンとくるものを覚え、何か咄嗟に此奴に云い返してやりたくなった。が、よく考えてみるまでもなく、この日の貫多は、またいつもの如くダメ人間を演ずるとき用の、例のユニフォーム姿であった。

即ち、ヨレヨレのチェック柄のネルシャツに、安物の黒ジャンパーを着込んだ飛びっきりダサいいでたちであり、おまけに今回のダボダボの、カーキ色綿ズボンの左右の膝横には、ご丁寧に野暮ったいカーゴポケットまでが付いている。

それがリュックを左肩にかけ、真冬だと云うのにハンケチで汗を拭き拭き、吐息をゼエゼエ荒くしている姿は、これは誰が見ても、〝五十年前の田舎者〟と云うのを連想してしまうであろう。

仮令そんなのであっても、正規にチケットを携えていれば会場内に案内するのは職務の範疇に含まれることに違いない。だからそれを持たずして入場しようとする者を、いっぱし来客扱いにして職務を果たそうとしていた行為の愚に気付いたときの、今のこの従業員の態度も一面では当然と云えば当然なものである。

前売りチケット完売で、当日券なしの該会場に、それでも押し入ろうとするのは闖入行為以外の何ものでもない。その意味で貫多は、この従業員からいっそ手荒な手段でオミットされたとしても、何んら文句の云えぬところではある。

だが、悪いことに貫多は、真の根がひどくスタイリストにできていた。そして彼はまた、真の根が病的に誇り高い質にもできていた。

襤褸《らんる》を纏っていても、これはあくまでも私小説書きたる自身の、作中主人公のイメージとの兼ね合いによるものであり、一方そこには、それなりに小金があるときでも常に見すぼらしい格好をしていた、敬する私小説作家たち——藤澤清造や晩年の田中英光、中年期以降の川崎長太郎の心意気に倣う意味合いも、確とある。

傍目にはただのコスプレと映ろうが、その大事なスタイリズムを、こんな上べの体裁だけを整えた従業員風情に嗤われる筋合いはないのである。

また、サッパリ自著は売れないながらも、昨年の彼の税務署への申告額は、小説関連の収入と、作家の肩書きあっての各種アルバイトで、それでも×千×百万円になっていた。汚ねえ身なりをしているからと云って、そう容易く浮浪者を見る目で眺めて欲しくはないのである。

更にはまた、かような馬鹿丸出しの年収自慢を臆面もなく——そして半ば他者を見下す意味でひけらかしてみせることでも知れる通り、貫多は根の稟性《ひんせい》がかなり下劣で、ひどく卑しくできてる性分でもある。

それなので、一瞬の沈黙ののち、彼がその従業員に向けて云い放ったのは、

「——ああ、大丈夫ですよ。すみませんが、中にいるOE社のTさんをお呼び頂けませんか。J・Iさんのマネージャーのかたですがね」

と云う、何んともイヤらしい台詞であった。

そして続けて、

「北町が来た、と云ってもらえりゃあ、それで分かると思いまさあね」

鷹揚を装った口ぶりで述べ、ちょっと返答に窮しているような、先方の戸惑いの反応を見下ろしていたが、そこへ会場の受付のところから若い女性のスタッフがひょいと現われ、貫多の姿を認めるや、そのまま中へ招じ入れようとしてくれる。お

そらくは悪目立ちのする彼の風貌を、何かで見知ってくれていたものであろう。

それで、このタイミングの上手《うま》さにとてつもないカタルシスを覚えた貫多は、わざと眼前の従業員のことは、すでに視界になし、と云ったポーズを取り、殊更にその初対面の女性スタッフへ、〝やあやあ、どうも〟と云った式の、恰も長年の知己に対するような挨拶を述べつつ、傲然と胸を張って、会場の中へと進んでいったのである。

だが、そうは云っても一方の根がひどく気弱な後悔体質にもできてる彼は、すぐと今の、もうじき四十八歳にもなろうと云う自らの幼稚な言動に気恥ずかしさを感じ、自分で自分を素手で殴りつけてやりたい苛立ちがこみ上げてくる。

だからすでに照明も下げられた、そのライブスペースの最後方部の、やや段上に設らえられている〝関係者用〟の一席に案内された貫多は、背後のバーのスツールに先着していたところの、顔見知りのスタッフのかた三、四名に極めて愛想のない軽い会釈をしただけで、あとはあてがわれた席に収まって、そこだけライトが当てられている正面のステージに、憮然たる視線を据えていた。

ステージ上では、ベースやキーボードの奏者が、すでにスタンバイを完了させている。

あとは向かって右側のドラムセットにつく、J・Iさんの登場を、満席百五十人の聴客が待ち侘びている状況だった。

と、程なくして右袖から、黒のTシャツにジーンズ姿のJ・Iさんが現われた。

昨年の夏に、新宿のライブハウスで行なわれた初回時においても着用に及んでいた、この〝ハコバン70's ライブ〟仕様のTシャツである。

登場するや、J・Iさんはすぐさまドラムスティックを取り上げた。瞬間、鳴り響いていた拍手が一斉に止む。

だが、この日のJ・Iさんは見事にタイミングを取り損ねた。別段、演出と云うわけでもないらしい。

ほんの一瞬のメロディーが、寸断されて掻き消える。

J・Iさんは、

「コミックバンドじゃないんだから……」

と苦笑いで言って場を和ませたが、これには貫多も、今しがたまでの憮然たる気分が、何やら柔らかなものにくるまれた思い。

そして改めての、スティックがかち合う歯切れ良い音の後に、今度はのっけからパワフルなドラムの連打が拡がり、貫多の全神経は一気にその方に持っていかれてしまった。

初っぱなの曲は、ストーリーズの一九七三年のナンバー、「ブラザー・ルイ」であった。

ライブ名にもあらわれている通り、これはJ・Iさんがプロデビューを果たす以前の一九七〇年代に、地元である仙台のライブハウスや、東京のキャバレーやディスコ、はたまた米軍キャンプ等で演奏していた洋楽曲を再現したものなのである。

ハコバンとは、即ちその種の店と契約を結んで渡り歩くバンドのことらしく、一九五三年生まれのJ・Iさんは、十四歳のときからドラムを覚えて友人と組み、高校を出たのちに就職した会社に一日だけ出勤し、それきりで辞めてハコバン生活に入った——と、その辺りの顚末は、先年出版されたJ・Iさんの自伝小説、『ハコバン70's』の中に詳しく記されている。貫多も、J・Iさんの記述を読むまでは、この語が何を指すものかの見当は皆目つかなかった。

それぐらいに彼は、根が音楽には疎い質にできていたし、殊に洋楽に関してはまるでもう、完全に不案内のクチでもある。

それでも「ブラザー・ルイ」のような有名なヒット曲は、これで四十八年も生きていればいつかどこかで耳にし、記憶の中にも残っていたが、J・Iさんがドラムを叩きながら歌うと、その曲はオリジナルのものとはガラリと変わる。当然、すべてがJ・Iさん独得の世界に変じるのだ。

硝子の繊維を通して拡がるような声《ボイス》と、今にもその一切合財を崩壊させんばかりの、鋭利で荒々しきドラムの律動《リズム》——この融合は紛れもなくこの人のみの、唯一無二の特異な持ち味である。

いったいにJ・Iさんと云えば、一般的には「ドラマティック・レイン」や「夏のクラクション」、「ロング・バージョン」、「ブルージン・ピエロ」、「語らない」等々の数多いヒットナンバーのイメージもあり、繊細でクールなボーカリストとしての面のみが、よく知られていよう。

だからもし、かようなイメージのみでこのライブを眺めた場合、しなやかな野獣めいた雰囲気へと変貌しているその姿には驚きの思いを抱くに違いない。

しかしこれこそが、まさしくJ・Iさんの原点の姿でもあり、デビュー直後の頃はそのままこのスタイルの延長線上にあったのだ。

かく云う貫多も、はな、そこに激しく魅かれてしまったのである。

彼がこのミュージシャンの存在を初めて知ったのは、今は昔の中学二年時の、三学期の頃にまで遡るから、それは一九八二年の正月明けと云うことになる。何気なくつけていたテレビの歌番組で、この人が〝初登場の新人〟として出演していたのを眺めてしまったのだ。

見た目は、ごく普通の青年だった。男女二人の司会者とのやり取りは、ややぶっきらぼうでもあった。不遜と云うより、朴訥とした感じのそれである。

ところが、曲が始まるとその印象は一変した。

燃えているんだかいないんだか良く判らぬポーカーフェイスながら、そのドラムを打つ姿からは、青白い炎みたようなものが立ち昇っていたのである。

先にも云ったように、貫多は元来の根が、音楽にさのみ興味を持てぬ質である。それがクラシックであれロックであれ、或いはポップスだろうが演歌だろうが、およそ自身には必要のないものとして、それまでの十四年を経《た》てていた。

このときに眺めていた「夜のヒットスタジオ」も、決して毎週欠かさずの習慣だったわけではない。他の番組がつまらなかったので、偶々チャンネルを合わせていたのだ。

にも拘わらず、我知らずのうちには目をこらし、耳をそば立ててブラウン管に前のめりでかじりつく格好となったのである。

貫多以外に、それを一緒に見ていた者がいなかったことも、この場合は良かったのであろう。

当時はすでに母子家庭となっていたが、母親は、横浜の大型スーパーに入った子供服メーカーの雇われ店長として、毎晩十一時近くに帰宅していたし、三歳上の姉は一年間のホームステイで、アメリカに行っている最中だった。

それ故に家族の目を気にすることなく、一人で、その初めて知るところの不可思議な感情の動きを、思うさま噛みしめることができたのだった。

ドラムを叩き、かつ歌う、と云うスタイルがとてつもなく格好良かったし、また曲自体にも滅法魅かれるものがあった。

で、貫多は帰宅した母親が入浴した際には、早速にハンドバッグから財布を抜き、中から百円玉を三枚盗みとった。

この、五十円玉や百円玉を掠め取り、自らの小遣銭としてプールする行為は、当時、彼の週に二度の慣例になっていた。但《ただし》、一回につき百円以上をちょろまかしては露見の確率が高まる気がして、これまではそのラインを守り、十日で三百円とか二週間で五百円とかの、実に地道な窃盗を繰り返していたのだが、このときばかりは、そんな悠長なことはしていられなかった。

強行して二日間で七百円を作ると、駅前の商店街の、新刊書店と一体になったレコード屋に走り、そのデビュー曲である「雨のリグレット」を買い購《もと》めてきたものである。

不在中の姉の部屋には、旧式のステレオセットがあった。

その三年程前にとんでもない性犯罪で逮捕されて服役し、戸籍上では他人となった父親の〝遺品〟である。

罪と人は憎んでもステレオは憎まず、と云うのは、いかにもこの母親や姉らしいふてぶてしい思考法であったが、とは云え結句は彼もこのステレオの恩恵を蒙ったかたちだから、所詮は同じ穴から生まれた乞食姉弟と云うところだ。

このEP盤を、文字通りすり減る程に幾度も幾度も聴き込んだ貫多は、無論、半年を経て発売されたセカンドシングルの「246:3AM」も、同じくコツコツと盗み貯めたお銭《あし》でもって入手した。

すでに、このミュージシャンの大ファンになっていたのである。

二曲目のそれは、いわゆるヒットとまでは行かなかったようだが、次の「ドラマティック・レイン」で、J・Iさんの名は全国に爆発的に知れ渡ったような観があった。

以降、リリースされる曲は、そのことごとくが膾炙《かいしゃ》したが、貫多が忠実に買い集めていたのは、翌年の春先に発売された「エスケイプ」までである。

それと同じ時期に中学を卒えた彼は、劣等生であっただけに家も出て、アルバイト仕事で自活することとなったが、これに先立っては、買い集めていたJ・Iさんの四枚のEP盤と二枚のLPレコードをラジカセで録音した。そのテープを、はな大切に手荷物の中に入れ、鶯谷の三畳間の安宿に移住したのである。

それなのに、根が何事につけ目先の苦し紛れに走り易い質の彼は、肝心のラジカセを割合とすぐに、たかだか三千円程の現金と引き換えで質屋に入れ、そしてそのまま流してしまった。

つまりそのときから、録音した曲を聴き得ぬ状況に陥ってしまったわけだが、けれど慣れとは恐ろしいもので、そんなにして一箇月も二箇月も過ごすうちには、最早気に入りのミュージックがなくとも、さして無聊を覚えぬ状態になり果てた。改めて高価なラジカセを買い直そうと云う気は、すっかり消え失せてしまったのである。

爾後は唯一の賑やかしのツールとして、これだけは手元に残したトランジスターラジオから、新曲の「オーシャン・ブルー」や「バチェラー・ガール」、「1ダースの言い訳」等に、いっときだけ耳を傾けるだけの時期が、あれで十年ちょっと続いたはずである。

だからその間《かん》の、おおかたが目すところのJ・Iさんの代表的なナンバーとされる「クリスマスキャロルの頃には」に、貫多はリアルタイムでは殆ど接していない。これは人気テレビドラマの主題歌でもあったそうだが、その時分の彼は相変わらずテレビも持てず、最早ラジオも聴かぬ日が続いていた。

かわりに、ひたすらに物故私小説作家の著作を、繰り返し読んでいた。

そして空白となった時を経たのちに、再びその曲と相見えた際の貫多は、実に二十七歳にもなっていた。

新宿一丁目の豚小屋みたいな八畳間であったが、初めてユニットバスの付いた部屋を借り、ようやくに電話を引くことも叶った。そんなものを引けるぐらいだから、当然J・Iさんの曲を聴く為の安機器も入手できたわけだが、この段に至って、貫多はCDと云うものを初めて手にした次第でもある。

空白期の曲も、ほぼすべてが各種アルバムに収録されていたから、貫多が少年期の思いを取り戻し、かつ、十年余のブランクを埋めるのはまことに容易い成り行きでもあった。

およそJ・Iさんの曲を聴かぬ日はない、と云う状態にもなり、それは四十八歳になろうと云う今日《こんにち》に至るまで、わりと継続されたままなのである。

そう云えば三十四歳時には、或る女と約一年間の同居生活を経《た》てていたが、その折に先様へは、随分と強制的にJ・IさんのCDを聴かせてやってもいた。と、そのうちには彼女の方でも、すっかりその世界に魅き込まれたらしく、あながち上辺だけの同調とも思えぬ執心ぶりを見せるようになったものだ。

これは貫多にしてみれば、してやったりの愉快事であったが、それでいながらそののちに、彼は商業誌にヘタな私小説を書き始めた折には、この事実を少しく変えてしまっている。

Ｊ・Ｉ趣味は、どこまでもその別れたる女のものであり、自身はそれに、内心辟易しているとの構図にしたのである。

かの相手をモデルとして使うに当たっては、その外見や性格、趣味嗜好をありていに反映させぬ方が得策だと判断したし、ＤＶ男の自身の対比となる女がＪ・Ｉファンであれば、そこには何かしら健気で善良な人物像のイメージが、よりナチュラルな感じで備わろうとの計算も働いたのだ。

そして一度この設定にしてしまうと、以降の作でもその点は律儀に踏襲せざるを得なくなった。

また創作だけでなく、或る文芸誌のアンケートで、好む音楽についての問いがあったときは、自らのＪ・Ｉ贔屓は以前の女からの影響だなぞ、平気で大嘘を答えていた。

実際は貫多こそが、それを常にＢＧＭとして欲していたし、原稿書きのさなかにあっても、下書き時こそはバカの悲しさで、無音でなければとてもではないが文章なぞ組み立てられぬものの、これが清書時となれば、俄然かの曲は士気を高めてくれる快音にもなった。延いては——と云うのは甚だ強引な展開だが、自作の中においてもBGMとして再三にわたって書き込んでいるのだった。

思えば、これは一面で、ひどく愚な話でもある。

自らの好みをムヤミに放り込み過ぎてるきらいが否めぬ点、真の根の一端に、古風な文学青年風の青臭みを有している彼には、些か気のさすところが確かにあった。しかし、何が幸いするか分からぬもので、これが一方においては、貫多に得難い僥倖の流れを呼ぶことにもなったのである。

そんなにして、自作中に何度もしつこく書いてるうちには、それがJ・Iさんご本人の耳に入り、目にもふれることとなったのだ。何んでもJ・Iファンのかたが、貫多の駄本をわざわざJ・Iさんに送っていたらしいのである。

また、時を同じくして、読書家としても知られるジャズピアニストのC・Yさんも、偶々手にした貫多の愚本に、親しいJ・Iさんの名が出てる旨、ご当人に知らせもしたらしかった。

そうした話を、貫多はJ・Iさんと初めてお会いしたときに、直接に伺った。

伺った、と云ってもほんの数分間の短い対面の時間であり、緊張のあまりに平生の、誰に対してでも取りあえずはにこやかにしてみせる擬態も発揮できぬまま、ただ積年の思い溢るる棒立ち状態に終始はしたが、とあれかような経緯のおかげで、J・Iさんは貫多のような薄汚ない五流作家の存在を認識していたと云う、信じられぬ僥倖があったのである。

そうだ。僥倖と云えば、この約三年前の初対面の機会も、極めてひょんなきっかけからのことであった。

或る新人文学賞を貰った直後に僅かに虚名の上がったかたちの貫多は、声のかかるままテレビ出演の野暮なアルバイトに精を出したが、そのうちの一つに何かのバラエティー番組があった。長時間の特番らしく、五、六十人ものタレントや俳優が集められた中に、一人わけの分からぬ一般人が紛れ込んでいる格好だったが、その際に〝歌のゲスト〟として、J・Iさんが出演していたのである。

この収録の数日前に、ファクシミリで送られてきた番組の予定表を眺めた貫多は、出演者一覧の中にJ・Iさんの名があることに一驚した。

収録前に、控え室を訪ねてみようかとの思いは一瞬だけふとこり、すぐと放念した。到底、間近で接することは叶うまいが、とあれナマでその姿を望見できるだけで充分である。

しかし、とは云え、もし千載一遇のチャンスがあれば、宛名入りでのサインを貰いたく、貫多はJ・Iさんの、二十周年記念のベスト盤ライナーノーツは、しっかりと用意していったものだった。

それが、イザ現場に行ってみたら、もうそんな謙虚な気持ちは薄らいでいた。考えてみれば、今のこの機会こそが千載一遇なのである。

なので彼はどうでもサインを貰うべく、あれで随分と能動的な行動を取ったりもしたが、人間、ときには図々しさも発揮してみるものである。それ故にJ・Iさん本人と極めての短時間ながらも挨拶することができたし、先の話を伺う次第にもなった。

そしてこれが端緒となって、その二週間後には思いもかけず、J・Iさんのクリスマスディナーショーに招んで頂く栄に浴し、更に半年後には、ニューアルバム発売記念の、トークショーの相手としても選んで頂いた。

貫多にとっては、これはどうにも夢のような展開である。三十年間ファンであり続けた人の謦咳に、直で接する機会が一度ならず二度三度と訪れたのである。

だからこのトークショーの席では、貫多は二百名程も集まっていたJ・Iさんのファンのかたがた（殆どは、女性であった）に対し、自分みたいな者がJ・Iファンである非礼を謝罪した。

まともで上品なかたから、自分のようなゴキブリじみた醜い中年男までがファンであることを、これ即ちJ・Iさんの音楽世界の裾野の広さである旨力説し、どうか自分もこのまま、他のかたがたに混じってファンであり続けさしてもらえるよう、嘆願した。

何んとも、不様で浅ましい卑屈さではある。が、この哀願は全く貫多の本心から依って来たるものであった。かようなことを述べずにはいられぬ程、傍目から見た自分はあらゆる面で、J・Iさんの曲の雰囲気とかけ離れ過ぎている点、十全に自覚もしていた故にである。

そしてその後も、週刊誌の対談やテレビなぞでご一緒させて頂き、貫多は自著の文庫解説や帯文を、勢いづいてJ・Iさんにたびたびお願いし、ついには二人で酒を汲み交わすと云う時間も得られたのだから、これはもう一介のJ・Iファンとしては、ちと恵まれ過ぎてるとのきらいもあろう。

そうしたひとときでのＪ・Ｉさんは、あの独得のシルキーボイスこそ変わらぬものの、育ちの悪い貫多に合わせて下すったものか、かなりのべらんめえ口調になってくれるのが、たまらなくうれしかった。

——で、つい先日は、突然Ｊ・Ｉさんから携帯電話に連絡を頂いた。

スタッフのかたとの打ち合わせの酒席に、何んと貫多も交ぜて下さるとのことだったが、無論彼は一も二もなくこの有難い話に飛びついた。

そして当日は末席で、Ｊ・Ｉさんに倣っての芋焼酎のお湯割りを、何んとも幸福な思いでもってムヤミとガブ飲みしていたのだが、その際にマネージャーのＴさんから、一週間後のこの〝ハコバン70'sライブ〟への招きを受けたと云う次第だったのである。


ステージ上では、この日の四曲目である、エルトン・ジョンの名曲「Your Song」が始まっていた。

名曲、なぞ聞いた風な云いかたをしたが、実際これは、云わずと知れた、の類の名曲であるらしい。だが貫多がこれを名曲と称するのは、他の要因があってのことである。

二十年程前の深夜帯のテレビ番組には、純文学の名作をダイジェストドラマにして毎週紹介すると云うものがあったが、そこで田中英光の「オリンポスの果実」が取り上げられた際に、この歌がメインテーマとして使用されていた。

別段、リアルタイムで見ていたわけではない。そのときの彼は、まだテレビを所持していなかった。

当時、健在であった田中英光夫人には、週一回のペースで英光に関する話を伺いに行っていたが、その折に遺族のかたから、再生する術もないのに録画テープを頂戴したのである。で、のちになって眺めて以降、かの曲を耳にするたびに、自然と「オリンポスの果実」を――そして田中英光のことを思いだすようになっていたのである。

そう云えばあの頃の貫多は、田中英光の私的な探求に随分と血道を上げていた。彼は、その作によって私小説の魅力に開眼している。だが程なくして、大恩ある先の遺族のかたに対し、酔って暴言をエスカレートさせ、爾来出入り禁止となり、英光探求そのものからも離れざるを得ない羽目となった。すべては、自業自得の流れである。

自身にとっては、どこまでも田中英光イコール小説であったから、もう、二度とその方面のことには興味を持つまいと決めもした。それで、自分の私小説への片思いは、きれいサッパリ終わったはずだったのである。

しかし、結句は終われなかった。そして今なお終われず、不様に私小説にしがみついている態《てい》たらくではある。

——と、J・Iさんの「Your Song」に耳を傾けながら、しばしよしなしごとを考えていた貫多は、そこでちょっと我に返り、いい歌とは、人の心奥の痛みを感傷的に掘り起こしてくるものだなあ、なぞ今更ながらに感じ入って、何がなし、このありきたりな感想に苦笑が浮かんでくるのだった。

それでも彼は、ふいに捉われてしまったところの件《くだん》の感傷に、尚も半身浸ったみたいな塩梅だったが、このふやけた感傷を吹き飛ばしてくれたのは終盤近くの、ボビー・ヘブの「サニー」であった。

この曲でのJ・Iさんのドラムは、全身で闇を打ち叩くような気迫と鬼気を放っていた。

貫多もまた、開いた口を閉じることも忘れ、全身忽ちそこに吸い込まれていったのである。

アンコールでの一曲が終わり、J・Iさんに続いてステージ上のミュージシャンが次々と舞台袖に消えてゆく。と、頭上の照明は鳴りやまぬ拍手の響きに呼応したもののように、静かにライトアップされていった。

一つ鼻を啜り上げた貫多は、出口へと向かう人の列に一定の流れができる前に席を立ち、通行のジャマにならぬ位置まで退がって、そして、そこでようやく背後のカウンター付近のスタッフのかたに、先日のお礼を述べるのであった。

すると横合いから、ごく最近に聞いた覚えのある女性の声が、彼の名を呼んでくる。

ギョッとして顔を振り向けると、そこにはT・K氏の若い未亡人の驚きをあらわにした表情があった。

テレビドラマの演出家であり、作家でもあったT・K氏とは、貫多は直接の面識はない。しかしながら、彼の方では今もT・K氏を徳としているのは、二〇〇五年に貫多が発表した商業誌二作目の中篇を、なぜかT・K氏はご自分の週刊誌連載の文中で採り上げて下すったからだ。書評等の、その種に関する連載ではないのに、見開きページの半分を割いてのひどく好意的な言及であった。

俗物の貫多は、翌年に該作を表題とした最初の創作集が上梓された際に、T・K氏のこの評言を帯文に使わせて頂いている。

だから、いつか直接お礼を述べたいとの思いをふとこっていたのだが、その発刊の数週間後に、T・K氏は急逝されたのである。

で、それから十年を経て、何んとかまだ小説にしがみついている貫多は、或る文壇バーで思いもかけず、そのT・K氏の未亡人にお会いすることとなった。

突如先方から下の名で呼ばれ、露骨に訝しがった不遜な態度の彼に、未亡人は怒りもせず名乗って下すったのだが、それでも突然「Kです」と云われても、根が血の巡りの渋滞体質にできてる彼には、そのKと、T・K氏の名がすぐとは結びつかぬ有様だった。

店のママから小声で教えられ、それで慌てて椅子から立ち、あとは見苦しいまでに平身低頭して取り繕ったと云うのが、ほんのひと月ばかり前のことである。

それが今日また、まさかにこうした場でお会いするとは思いもしなかったが、何んでもT・K氏が勤務先のテレビ局を追われる理由ともなった、かの未亡人との恋愛問題のときは、T・K氏と共に、旧知であるOE社（その頃は、J・Iさんはまだ所属前だったが）の先代社長のもとにしばらく身を寄せていたとの由。

だからこれは、むしろ未亡人の側で、何ゆえ貫多のような札つきのゲスが、似つかわしくもないJ・Iさんのライブなぞに来ているかの方が大いなる謎であろうと云う話ではあった。

――と、ひとしきりそんな立ち話をしつつ、何気なくステージの方に目をやると、先日のJ・Iさんとの飲み会時に知り合った、脚本家のT・Oさんが、ドラムセットをごく間近なところで見学している姿が視界に飛び込んでくる。

これに貫多は、

（あっ！）

と、心中で叫んだ。何んと羨ましい状況下にあるのだろう、と思った。

なので彼も軽ろき焦りとともに、極めてさり気ない風情を装ってステージの方へと歩み寄っていったのだが、しかし悲しいかな、接近はそこまでである。

根が可憐にでき過ぎてる貫多は、そこから壇上への数段の踏み板に足をかけることは、どうにも敢行できないのである。

もし、そんなところに調子に乗ってのこのこと上がってゆき、スタッフの人から注意でもされたら、今も言ったように根が可憐な彼は、きっと顔から火を噴き上げながらの醜い作り笑いで、まずはヘコヘコ謝まるであろう。そして壇から飛び下りるや、そのまま出口に走って一目散に該ホテル自体から逃げ去ることであろう。そしてもう永久に、J・Iさんのライブに赴く勇気を失うに違いあるまい。

どうも、その惨めな展開をみるのは避けたかったし、それに、もし咎められなかったとしても、かような場での見学の図は、小柄で美人のT・Oさんだからサマになるのであって、貫多みたいな、トドじみた巨軀の髭ヅラが真似しても、それは単にヘンな厚釜しさのみが際立つ姿にしかならぬであろう。

だが、そうは自覚しても、やはりすぐとは諦めきれぬ思いの貫多は、ステージの下からT・Oさんの方を物欲し気な羨望の眼差しでチラチラ見上げていたが、そこはさすがにカンのいい女性だけあって、T・Oさんは、

「北町さんも、こっちに来てIさんのドラムを見せてもらったら」

と、有難いことに声をかけてくれる。

貫多はこの間《ま》を逃してはならぬとばかり、巨体をゆらしていそいそと踏み段を上がってゆき、T・Oさんのご相伴に与るかたちでそれをすぐ目の前で見ると云う、またとない機会を得たのである。

のみならず、傍らにいたスタッフのかたが、

「せっかくだから、座ってみたらどうですか」

と、すすめてくれたのを、一度固辞したのちに、もう一度すすめてくれたときにはそれを待ってましたとばかり、満面にデレデレ笑いを浮かべて、本当にドラムセット前に着席してしまう。だが当然のことには、譜面台に乗せてあったドラムスティックには、到底触れることはできなかった。

何度も云うが、彼には音楽や楽器に関することは何も分からぬ。しかし三十年に亘ってJ・Iさんの曲だけは近しいものであり続けた身にとり、かのドラムセット

を文字通りに前にした状況は、感無量と云ってはちと違う、それよりももっと強くて激しい興奮を喚起せしめるものだった。そしてこの興奮は、やがて身の内から溢れ出さんばかりの奔流の様相も呈してきたのである。

で、貫多はそのテレ隠し的な行動として、よせば良いのに、左右の人差し指二本でいわゆるエアドラムを叩きつつ、この夜のアンコール曲であった、レイ・チャールズの「アンチェイン・マイ・ハート」の一節《ひとふし》を浪曲のように唸ってみせる。

陰気なくせに、一方の根が目に余る調子こきにもできてる彼は、これをウケ狙いで、恰もJ・Iさんの向こうを張ってるつもりの雰囲気を醸しだしながら、サビの一節をヘンにおどけて、繰り返し唸ってみせていた。

と、折しもそこへ、ふいにバックヤードからJ・Iさんが戻ってきてしまい、モロにこの浅ましい光景を見られたので、貫多の浪曲調の〝アンチェイン〟は、瞬間、行き場を失ったかたちで、喉の奥にグッと詰まる。

そしてそれが、鼻から吐息として洩れ流れていったとき、彼は、

(終わったなあ……)

と、思った。

確かに、顔から血の気が引いてゆく感覚もあったのである。

だが、J・Iさんはご自分の大切なドラムセットの前に、何を頭のぼせているのか腰を下ろし、しかし俄かに瀕死のトドみたいな風情になっている貫多に、フッ、と柔らかな苦笑のみを見せて下さるのだった。

そしてそのまま一緒に写真を撮ることを提案して下さり、座しているトドの横に並んで、わざわざ腰をこごめても下さるのである。

写真は、OE社のスタッフのかたやT・Oさん、それにJ・Iさんの担当者であるS学館の編輯者等、次々に撮ってくれたが、そのJ・Iさんの横で、実際目頭を熱くさせながらスマートフォンのレンズを見つめる貫多は、ふいと自分が今このような、精神的にひどくいい目に遭っていることが、大層不思議に思われた。

また不思議と云えば、程なくしてその場で行なわれた軽い打ち上げでも、貫多は自分がJ・Iさんのすぐ隣りでビールを飲み、鶏のカラ揚げなぞつまんでいる図が、まこと不思議なものに思われた。

その上、解散前にはJ・Iさんからの指名を受け、ひとしきり悪デレしたのちに、何やら締めの言葉を述べていたことも、これも僭越を飛び越した、いとも不可思議な——些か複雑な気分の伴う流れであった。

しかしそれでいて、貫多はこの一連の流れには、最初から最後まで心地良く身を委ねていたのである。

憧れのミュージシャンと親交を持ち得ている喜びに、彼はひたすら有頂天になっていた。ただもう、うれしくて、得意でならなかった。

月並みなところを持ち出すならば、〝後年このような接触があることを、十四、五歳時の自分や、三十歳頃のあの冴えない自分に教えてやりたい〟と云うやつである。

なのでJ・Iさんとその奥様にお礼を述べ、S学館の編輯者や映像製作会社の某氏と一緒にロビーに降りてきた貫多は、そこまで来ても、未だ興奮覚めやらぬの態《てい》ではあった。

彼の手には、J・Iさんの貫多宛ての為書きサインが入った、二枚のアルバムのライナーノーツがある。

J・Iさんにお会いする毎に、その種へのサインを二枚だけ所望することにしていた。

一度につき二枚だけなら、決して負担にもなるまいとの、至極勝手な独り決めによる枚数設定だったが、すでにその架蔵は二十枚を数えるに至っている。

銀色のインクが完全に乾いたのを確認し、それを厚手のカードケースに挟んで満足そうにリュックの中へしまった貫多は、やおらS学館の編輯者らにとびっきりハニーな笑顔を向けて深々と一礼し、あとは一人先に、玄関出口へと歩を早めていったのである。

意識的に目を伏せながら、ホテルの前の通り——数時間前、タクシーを降りたのちに煙草を吸いだめした歩道に出てきた貫多は、そこでまたラッキーストライクをくわえて火をつけた。

振り返って、今しがた後にしたホテルを眺め上げたが、視線は自ずとその左横の、東京タワーの灯りの方へ吸い寄せられる。

暗い夜空と、そこに浮かび上がった煌々たる巨大な電飾のコントラストが、またえらく眩かった。

幸福な面持ちで煙草のけむりを吹き上げていた貫多は、このままいつまでも興奮の余韻に浸っていたかった。

だが煙草を踏み消すと、その思いを断ちきるように、体の向きをクルリと変える。最早目も上げて、右か左か僅かに迷ったのち、やはり芝園橋側の横断歩道を選んで、再び歩きだす。

丸山の樹林に沿った歩道に、人影はない。

前後から流れる、車のヘッドライトの閃光も至ってまばらなものだったので、貫多は赤信号をそのまま渡り、通りの向こうの歩道に移った。

そして首都高の出口を挟んでの右側——テニスコート前の傍らにて足を止める。

その貫多は心中で、

(さて——)

と、呟いていた。

が、何が(さて——)なのか、このあと一体何をしたものかは、自身まるで見当もつかないのである。

当然ながら、貫多はそこが——彼が今佇んでいる場が、大正期の私小説作家、藤澤清造のまさに終焉の地であることは、はなから承知済みだった。

尤も当初は、この事実を今日のところは完全に無視するつもりでいた。完全に無視して、ただJ・Iさんの音楽世界だけを堪能したかった。

知る人ぞ知るの類だが、藤澤清造は貫多が格別に敬愛する私小説作家である。

イヤ、自分で云うのも何んだが（この辺、作中の視点が滅茶苦茶だが）、敬愛なぞ云うヤワなレベルではない。

この私小説家の著作によって、貫多は確かに人生を変えられた。二十九歳時以降、その著作を唯一の心の支えとして日々を経《た》てていた彼は〝殁後弟子〟を自任し、やがて自らも私小説を書き始めている。

この私小説家の著作を読まなければ、絶対に本腰入れての小説書きなぞしなかったであろうし、またこの私小説家の不様な人生の軌跡を知らなければ、こんな、お利巧馬鹿ばっかりの書き手と編輯者と評論家による、くだらぬ凭れ合いのマスかきサークルの中で、それでも尚と書き続ける意地なぞは、とっくに打捨《うっちゃっ》てしまっているに違いない。

何んならば完全に悪い意味のみで、貫多はこの私小説作家に淫している、と言い切ってもよい。自らが私小説を書く理由に、玄人気取りの低能評論家や編輯者から、いかにも感心されそうなつまらぬ屁理屈を並べ立ててみせるよりも、そう言い切った方がよっぽどスッキリしていてスタイリッシュだ。

と、事程左様に敬しつつも、はな、今夜のところは不遇で惨めな師のことはひとまずおき、現世の、明るく華やかな方面のみにどっぷり浸ってみたかった。

だが、やはり無視し去るわけにはいかなかったのである。

いかな目をつぶって素通りするつもりでいても、最終的にはつい、フラフラと立ち寄ってしまう。

で、そこに佇んだ貫多は、周囲に人の気配がないのをいいことに、また最前の「アンチェイン・マイ・ハート」のサビの部分を、小声で口ずさむ。

口ずさみながら、とどのつまりはボンヤリと、八十三年前にこの地の辺りで野垂れ死んだ、藤澤清造のことを思うのであった。

或いは、貫多にとってのこの場所は、生まれ育った東京の街の中でも、最もインチメートな感覚を有する地であるやも知れない。

この地——旧称で云うところの、芝公園十七号地には、その昔に六角堂なる休憩所が建っていたらしい。

藤澤清造は、一九三二年の厳寒期に、その六角堂内のベンチの上で狂凍死したわけだが、すでに件の堂自体は、跡かたも残ってはいない。

そして実のところ、この跡地を正確に把握し得る資料は、貫多の現在までの博捜の範囲内では見つけることができず、特定はなかなかに困難である。今、彼が立っている場所がそうであるとは、必ずしも言い切れぬ部分もあった。

藤澤清造が斃れたのが〈芝公園十七号地〉と云うのは事実のようだ。典拠は、その除籍謄本の記載である。

これは現在の芝公園四丁目九番地に該当する位置になる。

しかし当時の文献を種々参照してみると、六角堂なる亭《ちん》の跡地が一体どこになるのか、結構な混乱を招くのである。

明治から昭和初期までの東京市地図は、貫多の私見では東京日日新聞社が不定期に発行していたものが最も詳細との印象がある。これを見ると十七号地が現在のどの辺になるのかは容易く特定できる（現在、芝公園内にある案内板や、その管理事務所で配布しているチラシにある〝十七号地〟は、その位置が異っているのだが）。

が、一休憩所たる〝六角堂〟の記載は、当然ながらどの版にも記されていない。

なれば往時の十七号地の範囲の中で、現在もそのまま残っているのは妙定院のみなので、これを除外し、テニスコートになっている辺りに目算をつけることも、また極めて容易なわざだ（当時、どこまでがかの寺の敷地であったか、正確には分からぬが）。

けれど一方では、この亭のあった位置として、芝園橋に面した一角に一寸したトラックを前にして建っていた、と云う記述のものがある。

芝園橋に面した一角が、どこから見てのことなのかが明確ではなく、一寸したトラックを現在の野球場たる当時の芝公園グランドだとした場合、これを前にしていたら、十七号地ではなく十六号地に建っていなければ平仄が合わない。

で、ここでもう一つの手がかりとなるのは、その堂の左手には梅屋敷があったと云う記述だ。芝公園で梅と云えば、丸山古墳下の、一号地内の梅林であろう。

この〝梅屋敷銀世界〟は、一九六六年以前は、先の十六号地グランドの一画にあったものらしい。これらのヒントとも併せて、その符合し得る位置を現地で探すと、貫多が立っている辺りが、現在、外部から立ち入れる範囲内でどうにか該当するのであるが、しかしそこは芝園橋には面していない。

尤も、〝面して〟と云うのは、グランドを挟んではるかな距離で向き合っていても、一応〝面して〟にはなるが、当然この拡大解釈は必ずしも成立するとも限らない。だからこれを基軸として当たりをつけると、脳中地図は俄かに混沌としてしまうのだ。

こうなると除籍謄本中の、〈十七号地〉との記載の方が間違いではないかとの疑いも湧いてくる。

貫多の手元にあるのは、一九七二年に複写されたものだったが、無論原本の記載はそのはるか以前になされている。昔のその種には、手書きによるミスも少なからず起きていたと云うし、届け出た者の申告の間違いと云うこともある。

事実、これには藤澤清造の死亡時刻として、〈午前十時頃〉とあるが、当時の報道記事や、葬儀通知の原物には共に〈午前四時頃〉と記されている。

単に多数意見に与するわけではないが、しかし、殊に葬儀通知の文案は、おそらくは文藝春秋社員の鈴木氏亨によるものであり、身近な見聞を元にしたことであろうから、誤まりの確率は少ないと見ていい。

とは云え、仮りに十七号地を誤記だとしても、先述のヒントを突き合わせた結果の混乱の方は、何んら、一向に変わらないのである。

また他方では、一八九七年に刷られた芝公園の版画図に、ハッキリと〝六角堂〟との名称の付された、休憩所らしき亭《ちん》が描かれたものもある。

これを見ると、かの亭は東照宮後方の丸山の山内、伊能忠敬碑と五重の塔の中間辺に在している。

五重の塔は第二次大戦中の空襲で焼失しているが、しかしそれも伊能碑も元より一号地に包括された場所にあるから、最早十七号地だの芝園橋だのとの整合は、一層難しいことになってしまう。

明治中期に描かれた絵図を信ずるか、藤澤清造死去時の文献記述を採るか、全くもって悩ましいところだが、貫多は現在のところは、やや後者の説についている。

これとても、先にも云ったようにどうにも辻褄は合わないのだが、前者の絵図中の遠近感や距離には、やはり特有のデフォルメが大きく施された面もあるに違いない。不遇の私小説家の、行路病者さながらのその終焉の場所として〝芝の山内〟と云うのはお誂えむきのイメージだし、事実、藤澤清造と同じ下宿にいたこともある今東光は、『東光金蘭帖』の中では、〈ラムボオがアフリカで消息を絶ったり、パガニーニがカリブ海で行方不明になったのより、藤沢清造が芝の山内でのたれ死した方が悲壮ではないか。僕は文学者の最期としては、睾丸の皺をのばしながら長生きして恥をかくより、藤沢清造の死の方を立派だと思っているのだ。〉とも叙している。が、云うまでもなくこの一節《いっせつ》は、藤澤清造の終焉地そのものを指し示す意の文ではない。

――なので貫多は、目下のところは今、足元にある地の付近をその跡としているのだが、そう云えば彼はつい数年前まで、毎年藤澤清造の祥月命日にはここを訪れていたことを、ふと思いだす。

藤澤清造の死亡時刻とされる〝午前四時頃〟の少し前に、当時はまだボウリング場だった件のホテル前――即ちこの場所に小一時間程佇むことを儀式化しており、これを「一人清造忌」とも称していた。で、そののちに新宿一丁目の居室にいったん戻り、改めて本然の「清造忌」挙行の為に、能登へ向かうのである。

この「一人清造忌」の方は、もう中断して久しいことになっている。

何しろ一月の能登地方は妙に降雪がひどく、当日の航空便での移動ができない事態も、過去に出来《しゆつたい》していた。

施主たる彼がこれに欠席するわけにはいかないので、爾来、前日のうちに東京を出て、能登に前乗りをするようになったからだ。

だが以前は、何も祥月命日に限ったことではなく、事あるごとにここへやってきていたのだ。

そうだ。七年前の年明け直後に、貫多の「小銭をかぞえる」と云う駄作が、先にふれた新人賞の候補に挙がったときもそうだった。それが駄作だと云うことは、彼自身がよく弁えていたが、二度目の候補と云うこともあって、できることなら受賞の栄誉が欲しかった。

こうした際の恒例らしき、編輯者との結果待ちを固辞したのは、とは云え運も才能も選考委員とのコネもない彼の落選は分かりきったことなので、なれば落選後のダラダラとした〝残念会〟の時間は編輯者の為に省こうとする謙譲と、自分の為にも省く傲慢との半々の理由によるものだったが、これは以前に味わった各種数度の落選時の経験から、自分の傷は自分だけで舐めた方が快復の早いことを痛感していた故でもある。

そして銓衡の結果が、やはり貫多の作が真っ先に議論の対象外となって片付けられたことを知ったとき、彼は宿を飛びだし、取りあえず芝公園のその地に向かったものだった。

別段、何をするわけでもなく、ただその場所に立って藤澤清造のことを思えば、改めての諦めを強いた心が次第に慰められたし、ヘタな私小説を、泉下のその人に認めてもらう為だけに書く意慾も再び湧き上がってくるのだ。

しかし今は——と、そこで貫多の思考は、いきなり途切れた。

傍らの首都高の出口から、白い外車みたいなのが凄まじいスピードで降りてきて、折しもの青信号を殆どノーブレーキで右折していったのである。

ボンヤリしていて、もう数歩ほど前に出ていたら、危うく引っかけられるところだった。

かの車への今更ながらの罵りを吐きだした貫多は、そこでまた気が付いたように、眼前に拡がる無人のテニスコートの方を見やる。

闇に目をこらすと、そこには狂える藤澤清造の、最後の彷徨の残像が揺曳しているような錯覚があった。

であったのだ。

——その朧な残像を追って、貫多は二十九歳から今日《こんにち》までの生を経《た》てきたはず

貫多が最初に藤澤清造の作を読んだのは、二十三歳のときだった。

当時、田中英光の私小説にのめり込んでいた彼は、英光作品の載った初出雑誌を血眼で探していた。日雇い仕事の帰り途には、大抵は神保町か早稲田の古書店街に寄っていた。

そんなに連日行ったところで、そう棚に異同があるわけではないし、第一、初出誌であればその種の店頭よりも、週末の各古書会館での即売展、乃至《ないし》、販売目録の方でしか滅多に手に入るものではなかったが、それでもそんなにして通っていたのは、飲酒を始める時間までを潰す目的もあった。

友もなく女もなく、そしてJ・Iさんの音楽を聴ける環境下にもなかったから、他にするべきことが皆無だったのである。

或る郷土文学全集の内の一巻に、藤澤清造は三人一冊のかたちで収録されていた。

この小説家の、名前だけは知っていた。マイナーの上にマイナーを塗り重ねたみたいな私小説の書き手のようだが、芝公園での野垂れ死にと云う奇矯な最期は、闇の文学史の一項として、何かの本に載っていた。

まったくの興味本位で手に取り、ほんの気まぐれから売価七百円だったその書を購《もと》めたのである。

「根津権現裏」なる代表作と云うのが収録されていたが、それはこの長篇全体の半分以上がカットされた抄録ものだった。

一読して、正直それなりには面白かったものの、到底のめり込むまでには至らなかった。しかし作者自身を模した作中主人公の、惨めな日々に耐えながら発する、〈ああ、何時《いつ》までこうした生活を続けねばならないのか〉との嗟嘆は、やけに心に響いた。

そのときの貫多は、いよいよ自分もツブシが利かないことを実感せざるを得ない状況にあった。

日雇い人足業とはオサラバして、まともな職に就きたくても、如何せん彼は中卒である。この自業自得の学歴の不備に加え、その日に稼いだ金はその日のうちに費いきる、あの日雇い特有の悪循環に手もなく嵌り込んでいた彼は、所詮はいつまでも同じところに停滞するより他はなかった。

だからその生活から逃れる術もないまま、ただ諦観交じりの焦燥を募らせていた彼には、かの嗟嘆に殊に瞠目したものだったが、けれどこの折は、すぐと田中英光のアクチュアルな私小説世界に戻っていったのだ。

そして、それから六年を経たとき、貫多の生活環境は更に悪化していた。

二十九歳での暴力事件による逮捕は、僅かに残っていた周囲の人間をも、完全に離れさせていった。ただ離れていっただけでなく、生活の資を引き上げられる格好にもなった。

前年に田中英光の私的探求も、先述の経緯によって距離を置かざるを得ず、そこに救いを見出すことのできなかった貫多には、もう何も残っていなかった。

本当に、もう何もなかった。

J・Iさんの音楽さえも、苦しくて到底聴くことはできなかったのである。

根が甘にできてる貫多は、この自らの状況をして〝四面楚歌〟だなぞ、大甘な自嘲を発してもいたが、かようなヤワな嘯《うそぶ》きに耳を傾けてくれる者は、この世のどこにも存在しない。

　そんな日々の中で、再び「根津権現裏」を手にしたのは、それは一種苦しまぎれによるものであった自覚はある。

　が、新たにこの再読時では、作者藤澤清造の、この世のあらゆるものに対する怨念と呪詛を、より切実なものとして汲み取った。

　これはもしや、との一縷の望みのもと、古書店で売価三十五万円の値がついた、無削除本函付きの完品を借金して手に入れ、三読目でようやくにその全文にありついた。

　そして更にこの私小説家の他の創作、随筆の掲載誌を渉猟して次々と読み、貫多は、やはりこれは自分にとっての救いの神であることを確信した。

　一縷の望みは無いものねだりの幻想ではなく、彼の心に確かな手応えを感じさせたのである。

　こうなれば、最早、泣いている場合ではなかった。

　能登の七尾に在すその墓へ向かったのは、一九九七年の、三月下旬だった。

　通り一遍の展墓ではない。すがりついたのである。

墓前でこの私小説家の七巻の全集と、詳細な伝記の作成を誓ったとき、貫多の何もなかった心のうちに、小さな明りが灯った。

神保町の、近代文学専門の古書店で下働き的なことをやっていた貫多は、その伝手をフルに使って、コレクター所蔵の藤澤清造の肉筆物や、古書組合の市場にたまさか出たところの関連資料を、一つずつ確実に入手していった。

二箇月をおいて、二度目に掃苔に赴いたその次からは、二十九日の月命日ごとに墓参するようになった。

すでに心中では、押しかけの〝歿後弟子〟たることを自任済みの貫多は、さしあたって毎月の掃苔が〝師〟に対するエチケットだと思ったし、またこれが〝師〟と繋がる唯一の直接的手段であると云う風にも、勝手に考えたりした。

そんなにして、欠かさずに月一度現われる彼を、当初菩提寺の住職たちは薄気味悪くも感じたそうだが、それでも通ってるうちには、不審を突き抜けたところの信用めいたものを贏《か》ち得たかたちにもなってゆく。

直系の血縁が途絶えているとは云え、その私小説家の法要を、弟子気取りのアカの他人が行なうのは紛れもなく甚だしき僭越の沙汰ではあったが、貫多はそれを、やはり毎月続けずにはいられなかった。

また、老朽化して取り払われ、寺の本堂の下にしまわれていた、以前の木製の墓標（卒塔婆ではなく、長さ一メートル五十センチ、幅十三センチ強の、杉の角材による墓碑）や位牌までも預らせてもらうようになったが、これらを自室において守ることも、何もなかった心境に種々の変化をもたらすことになっていったのである。

その最たるものは、〝歿後弟子〟としての、貫多自身の在りようであった。

これをもっと平たく云うなら、〝歿後弟子〟たる自身の資格に関することである。

いかな墓守として、毎月、寺の本堂でもって法要を行なっていようと、所詮それは良くも悪くも熱心と云うだけであって、〝弟子〟を名乗れる程のことではない。

のみならず、見方次第ではただの狂信的読者の、熱狂のエスカレートに過ぎぬ行為であり、その弟子名乗りはどこまでも自己満足の範疇の、唾棄すべきものとなる。

将来的に最後の目標として掲げた全集や伝記を作り上げようとも、それのみでは、まだ足りぬ。

単に貫多は、その自らの行為に正当性を求めようと云うわけではない。ましてや、他者の思惑に対しての弁明を用意しておくなぞ云う考えもない。

小説書きとして死んだその人の弟子を名乗るなら、自らもまた、その影響を受けた作を叙し、かつ、それを超える超えないはともかく、少なくとも或る程度の認知度は備えた書き手にならなければ、何をどう言い繕ってみたところで、そんなのは何んら意味のない自己弁護にしかならぬし、一連の熱狂の振舞いも、所詮は藤澤清造その人の名を穢す迷惑行為に堕してしまう。——

この思いに、いつか貫多は自縄自縛風に凝り固まっていったのである。

一年半在籍した小さな同人誌を経て、商業誌に書き始めて十年が経った現在も、毫もその思いが薄れた様《ためし》はなかった——はずであった。

（しかし、今は——）

最前に脳中に走り、そして取り紛れた言葉がまた浮かんだが、ふいとその後が続かなくなる。

何やらじっとしているのが辛くなり、意味もなく、その足を数歩、赤羽橋側に踏みだしてみた。

それまで佇んでいた位置からは、高層ホテルの陰に隠れるかたちだった東京タワーが右手に再びあらわれる。暗闇に慣れていた目に、その灯は突き刺さってくる程の凶暴な輝きを放っていた。

そうなのだ。はな、OE社のTさんから案内状を渡されたとき――先週に、渋谷のすき焼き屋で喫煙者のTさんと貫多が、ちょっと座を離れて一服つけに行った際に渡された、今日のライブの案内状を見ると同時、そこに藤澤清造の終焉地跡があるのは、ハッキリと分かっていたことだ。

なのにそのときには、さしたる感慨もなかった。

そもそもJ・Iさんと件の物故私小説作家には、何んの関連性も存在しない。だからこれをして〝奇縁〟だなぞ感じたとしたら、それは貫多の何事につけての自己中心思考の、いよいよの処置なし状況であろう。

それよりもこのときの貫多は、昨夏に引き続き、J・Iさんの〝ハコバン70'sライブ〟に招んでもらえたことがただうれしく、ひたすら舞い上がった。当時の再現と云う趣向で、あえて往時と同規模の小さい会場が選ばれているので、そのチケットは常に争奪戦になっている。

だからこの日、宿を出てタクシーに乗るまでは、終焉地云々のことはまるで念頭になかったのだ。忘れていた、と云ってもいい。タクシーの乗務員に、「芝の増上寺まで」を伝えたときも、極めて虚心坦懐たる心境であったのだ。

けれど、イザ目的地に近付いた途端、やはりそれは否が応でも思いだされてくる。御成門に差しかかったとき、急遽その次を右折し、赤羽橋の方から廻るよう指示したのは、グランド前の交差点まで行ってしまっては、畢竟その終焉地跡を通らざるを得なくなるからである。

貫多としては、ただ自身の全神経をJ・Iさんのライブのみに集中させたかった為ではあったが、しかしこれも、本来なら何もそんな廻り道をする必要のない話のはずだ。

つまりは、彼はそこを通り、眺めることが、ちと後ろめたかったのである。〝師〟に対し、ここ数年——或いは四、五年近くの自らの気持ちの中に、甚だ顔向けのできぬ思いがあったのだ。

この地に赴くことは、実のところ先述の、新人賞落選時以来のことであった。しかも此度《こたび》はまるで違う目的で足を踏み入れて、一切その方は顧みぬ心づもりでいたとあらば、もう、何をかいわんやである。

そんな心根では、背後のかの地に何んらかの感傷は抱けようはずもなく、目をつぶってそのままホテルの入口をくぐったまでは上出来であった。が、考えてみればこの数年、貫多は常にこの流儀を繰り返してきてしまったフシがある。

〝歿後弟子〟たる資格を贏《か》ちえる為に、一片の文才もない中卒の馬鹿のわりには、駄作連発ながら、それなりの奮闘を続けているとの自負はある。

S潮文庫からの、藤澤清造の『根津権現裏』と『藤澤清造短篇集』の、二冊の発刊も実現させ、校訂もした。或いは、それだけでも〝歿後弟子〟としての資格はともかく、一応の貢献は果たしたと云えるかもしれない。

だが反面、彼の足はその墓前からめっきり遠のいている。

終焉の地だけではなく、すべてはそこから始まったところの、毎月通っていた菩提寺からも、ここしばらく遠のいてしまっているのだ。

外面上の理由としては、原稿仕事の期日との兼ね合いと云うのを押し出し、実際、その用で確かに身動き取れぬ事態もあるにはあったが、しかし貫多は、毎月必ずどこかの雑誌に創作を出しているわけではない。かような需要のある書き手ではない。まるでブラブラ遊んでいることの方が多いのだ。

それは一月の祥月命日の法要だけは、さすがに欠かしたことはない。その「清造忌」も、もうかれこれ十六年継続している。

だがこれも、近年は貫多のみの都合で、二度まで挙行の日程をずらしてしまっているのである。

いっとき、藤澤清造の供養の為ではなく、虚名のみが俄かに上がった彼の主宰する、一種の文学イベントのように心得た者の参加が増えたことがあった。

その光景が余りに不快だったので、忌日を無視し、従来の参集者のみに連絡を取った上で、別の日での抜き打ち的法要を平然とやってのけていたのである。

或いは貫多が野次馬と見做したその人たちは、彼の著作をお金を払って読んでいてくれたやもしれぬ。しかし、少なくともその場は藤澤清造を悼む者が集い、思いをひととき共有する為だけの空間なのだ。それ以外の、エチケットを弁えぬ闖入者に対し、根がエチケット尊重主義にできてる貫多としては、とてもではないが平生の柔和な笑顔の擬態を見せてやることはできない。

だからこの傲慢で狭量な振舞いも、これはこれで彼としては止むなき手立てであったし、一昨年からはそうした野次馬もすっかり現われなくなった現状を考えると、この排斥法もなかなかに正解だったと思う反面、たかがその程度の事象に妙に苛立っていたことが何やら滑稽にも思われてくるのである。

──だが、本当に滑稽なのは、貫多自身のここ数年の情けない姿ではなかったか。

所期の目標である、自費による藤澤清造の七巻の全集発行は、一体どうしたと云うのだ。

十年間書き続け、〝歿後弟子〟を名乗る上での足場は、多少は固まっているはずである。虚名を看板にしたアルバイト稼ぎで、今は資金的にも何んとかなる。細かい問題はいくつもある。殊に編輯作業以外の実務上の点では、準備しなければならぬことが多々山積している。

しかし、最後の目標であるが故のモラトリアム的先送りは、もうそろそろ無きものとしなければなるまい。五十に手の届く年齢になり、時間的な余裕は、そういつまでもあるものでもなかろう。

だがそれを覚りつつ、未だ先送りしているのである。

——結句、何んの為に書いているかと云うことなのだ。

極くたまさかに受ける著者インタビュー等で、先にも云ったように根が極めてのお調子者にできてる貫多は、すべては名誉慾のみで書いていると広言している。確かに、それもあるに違いない。が、殆どはその場のサービスとしてのいい加減な答えである。インタビューにしろ座談等にしろ、そんなところでいちいち本音を口走る程、彼もまだ耄碌はしていない。

何度も云うが、彼の場合、はなそれは藤澤清造の〝歿後弟子〟たる資格を得るべくの出発だった。そして自身としては依然——初手から何も変わらず、その状態で書き続けていたはずであった。

しかし今は——何かその軌道が、おかしな方向に行ってしまっているのだ。

加えて下手の横好き根性で書いているうち、次第に書くことが骨絡みのものになっていったまでは、まあいいとする。結句はそれも、当然と云えば当然と云える流れであろう。

なのに妙なことには、自身の意地のみでムキになって書けば書く程、段々と書く行為に以前のような魅力を感じなくなってきたのである。

たかだか十年で五十作程度の中短篇しか持たず、そういっぱしの書き手ヅラをするがものもないのだが、何かこう、自らの土性骨が太くなるにつれ、本来の基であった支柱が押されてズレてしまった感覚があるのだ。

自分は何んの為に書いているかと云う、肝心の——根本的な部分を見失っていたのである。

貫多は再び人もいない、夜の闇に覆われたテニスコートへ目を転じた。

すでに、最前のライブの熱き余韻は冷め、いろいろと得意だった思いも瓦解していた。

——そうなのだ。彼は所詮、わけの分からぬ五流のゴキブリ作家なのだ。

何しろ性犯罪者の伜《せがれ》である。おまけに人並みの努力は何一つできなかった、学歴社会の真の落伍者である上、正規の職歴も持たぬ怠惰な無用の長物である。

これまでさんざん人に迷惑をかけ続け、金を借りては踏み倒してきている。母親や姉を家庭内暴力で痛めつけてたまでは、まだ良しとする。良しとしてはいけないのかもしれないが、そこは取りあえず良しとしよう。しかし唯一同棲までしてくれた女にも、その約一年の日々の中ではしばしば罵言を浴びせ、平手を放ち、髪を摑んで床《ゆか》を引きずり廻した。

かような卑劣な稟性が文にも顔にも滲みでている彼の作が、人様に喜んで読んでもらえるはずもないのは自明の理だ。

文章の稚拙だけなら、書かれてあることの内容によって充分にカバーもできようが、その内容がゲスな記述のオンパレードである。

女子供にウケぬ書き手は、畢竟、殷鑑《いんかん》遠からず淘汰される現今の流れを思えば、彼の売文渡世も、どうで風前の灯しびにあるのだ。

来年と云わず、今年からの年収は十分の一程度に落ち込み、以後も下降の一途を辿るに違いあるまい。何んのことはない、下らぬ実入り自慢も今年限りのことだ。なれば、と云うのも妙なものだが、やはり貫多たる者、今があの〝墓前〟に還るときである。

「見失っていたことをハッキリと自覚したんなら、取り戻せばいいだけのことに違げえねえ」

口に出して呟いた貫多は、それを結論とすると、指に挟んでいた煙草を足元に落として踏みにじった。

その辺の純文学気取りのように、それらしき理屈を並べて、いっぱし〝書き手の苦悩〟ぶっても仕方がない。こんなもの、いくら机上で思索を重ねたって仕方がない。

深く考えてみたところで、どうなるものでもないのだ。

落伍者には、落伍者の流儀がある。結句は、行動するより他に取るべき方途はないのである。

根が案外の潔癖症にできてる彼は、このひとときのすべては久々にかの終焉地に立ったことによる、甘な、感傷の為の感傷ではなかったかを自問し、やがて口元に微かな自信の笑みを浮かべた。

しみじみ、その意志を蘇えらせてくれた、間接的な契機であるJ・Iさんとの流れが有難かった。

身のうちの昂揚がおさまっていたのは、辺りを這う夜の冷気も、大いなる因であるらしい。

とにかく、寒い。

貫多は、小一時間近くもそこに立ち、もうそろそろ熱い酒が飲みたくなっていた。鶯谷の安酒場にでも寄って帰るべく、彼は芝園橋の方へ歩きだす。

それにしても、冷える夜である。

――貫多の足は、そこでハタと止まった。

愕然としたのである。

今の今までその場に佇んでいながら、藤澤清造が凍死したのは、この厳寒の時期であった忖度を忘れていたことに、何やら驚愕の思いが走ったのだった。

終われなかった夜の彼方で

二〇一五年六月の中旬――元より、根が些細なことをひどく気に病む質ではあったが、ここ数日の北町貫多の苛立ちは、何かこう、一種の精神疾患の域にでもあるもののようにして、その激しさの度合を増していた。

彼はこの二、三週間ばかり前に、「芝公園六角堂跡」なる八十五枚のものを書いた。今年の二月に芝のホテルでもって催された、或るミュージシャンのライブに出向いた際の話である。

これは特に筋と云える程の筋もない。中学生の頃よりのファンだった件《くだん》のミュージシャンから招かれて、そのライブ会場に意気揚々と赴きつつも、一方で、そこが師と仰ぐ藤澤清造の狂凍死した跡地であることに思いを馳せると云う、まことに他愛のない愚作である。

が、この愚作をものしていたときの貫多の内には、ちょっと近年に覚えのなかった、小説を書く情熱みたようなのが蘇えってきていた。

そうだ。確かにその直前までの彼は、甚だ道を逸脱しかけていたのだ。

別段、自らのこの野暮な作風に飽きたわけではなし、私小説を書くことに倦んだわけでもない。書かなければ、最低限の生活費を捻出できぬ身分である。

と云って、これで十年書いてきたことによる、所謂〝勤続疲労〟を口にするつもりも毛頭ない。とてもではないが、そのような主張をできるだけの数は書けていない。せいぜいが十年で五十篇程度だから、所詮は書く才能もなければ、肝心の読み手の需要も皆無なのである。

ただ、そのように才もなくコネもなく需要もない中で、それでもボールペン舐め舐めムキになって書き続け、何んやかやの原稿仕事や、或る種の作家免状風な肩書きが頼みの、恥のかき捨て的アルバイト稼ぎで日を経《た》てるうち、自身の出発点たる思いの意識がいつか薄いものになってゆき、頭の片隅ではその不手際を認識しつつも、立ち止まって、つくづく省みるまでには至っていなかったのだ。

もともと貫多は、小説書き志望だったわけではない。

これまでに、文芸誌の新人賞に応募した様《ため》しもなければ、現今のその種の雑誌を手に取ったこともなかった。但《ただ》し、小学五年生時に連載が始まった、横溝正史の「悪霊島」目当てに、旧『野性時代』誌を毎月の小遣いで購入していた唯一の例外もあり、これをもってしても（と、云うのもヘンなものだが）小説を読むことに関しては、小さい頃から人並み程度には好きである。

とは云え、それはもっぱら内外の推理小説に限られた話であり、幾度となく手をのばしてみた有名な純文学作家の〝名作〟の類は、読んでいてその良さと云うのがサッパリ分からなかった。

それが十九歳のときに、或る推理作家の短篇中の記述で田中英光の生涯の沿革を知り、軽い興味でその作を読んでみたら、驚倒した。

余りの文章の下手さと、余りにも面白くて共感できる、かの内容に驚いたのだ。

こんなのが〝純文学〟であっていいのか、と思い、こんな〝純文学〟がこの世にあったのか、とも思った。

で、それからはすっかり寝ても英光、覚めても英光の態《てい》となり、以降の丸十年、貫多はこの私小説家の作と生涯の追尋に現《うつつ》を抜かしていたのである。

二十六歳のときには、『田中英光私研究』なるタイプ印刷の、パンフレット形式による小冊子を作ってみたりもした。

毎号、英光と直接関わりのあった人物からの聞き書き、稚拙な作品論、全集未収録や従来の作品リストに未記載の作の再録、の三本立ての内容で、一号分にかかる費用は決して馬鹿にはならなかったが、この作成は、その頃の貫多にはまことに没頭できる娯楽であった。

英光を含む〝無頼派文学〟の研究者の会に入ることは誘われても固辞し、こちらの所持する資料はそれらの者にいくら要請されても絶対に貸さなかったから、縦の(横の、ではない)鬱陶しい繋がりを持つことはなく、滅法気も楽だった。

七号を出す際には、作品論みたようなものを書くのがつまらなくなり、構成に困った末に、仕方なく英光の文体を大いに意識した〝私小説〟まがいの駄文を載せたりしたが、無論、それは習作にも当たらぬ、単なる穴埋めにしか過ぎない。

するうち英光の遺族宅にも出入りすることを許され、十日に一度ぐらいの割合で、その頃健在であった英光夫人に面会し、様々な話を聞かせて頂く機会に恵まれた。

英光と住んでいた、各時代のすべての住居の間取り図も、無理を云って描いてもらったりもした。

しかし、根が無意味に我が強く、何につけ感情のコントロールが不得手な貫多は、一夜、酔って遺族のかたに大変な暴言を吐き、とんでもなく非礼な振舞いをしでかしてしまった。

当然、その日を限りに彼は出入り禁止となったが、それは警察に通報されなかっただけ寛大な、実に温情の含まれる措置であったと云うべきである。

だがそうなると、いかな根が忘恩の徒にでき過ぎてる貫多と云えど、それはやはり、一つの責任を取らざるを得ない。無論、その出来事は出来事として、別に田中英光を読むのを続けることは可能である。けれど彼は、一方の根はこれまた無意味な潔癖症にもできていた。

向後一切、その作家の小説を読むことを自重し、一切その追尋も廃したのである。

決して、自ら望んだ結果ではなかったが、これを決断するまでには、あれでたっぷり半月程はかかってしまった。それはそうだ。十九のときからまるまる十年、大袈裟ではなく明けても暮れてもその私小説家のことばかりを考えて生きていたのだ。

が、かくなる上は、もう致し方もなかった。一抹の未練も残さぬ為に、この十年間、稼ぎのほぼすべてを注ぎ込んで収集した肉筆物を含む資料は、知り合いの古書店である落日堂を通して、或る文学館に八百万円の値で一括にして売り払った（それだけの値が付く資料類だったのである）。

すでに英光イコール小説となっていたから、もう二度とその方面への興味は持つまいとも思った。バカな独りよがりのナルシズムには違いないが、けれどこの折の思いは、貫多にとってはまさに断腸のそれに他ならぬものであったことも、また間違いがないのである。

そして実際に、貫多はこれをもって自身と小説との縁は完全に消え去り、きれいサッパリ終わったとの思いでいたのである。

直後に、またぞろ酔って暴力沙汰を起こして逮捕、起訴されたことは、先の出来事と直接の関係はない。尤も僅かに残っていたところの、彼を相手にしてくれていた知人が次々と離れていったのは、紛れもなく後者のこの一件がきっかけのようでもあった。

もはや二十九歳になっていた貫多は、そうした状況が重なってゆくにつれ、ようやくに、自分の人生の敗北を心底から認める気になっていた。

それまでの彼は、十一歳時に父親がとんでもない性犯罪で逮捕され、生育の地から夜逃げした際にも、到底自身の敗北までは感じなかった。

アルファベットもまともに読めず、綴れずの劣等生で、高校全入のその時世に、全校でただ一人〝中卒〟となり果てたときにも、さして打ちひしがれることはなかった。まだまだこれから、人生の逆転のチャンスは幾度も巡ってくるだろうとタカをくってもいたし、また根が至って誇り高くできてる彼は、何んの根拠もないままに、自らの内に秘めてる可能性について暢気に過信しているところもあった。

しかし、この折の逮捕は、何やらひどく心身に応えた。一つには、三十を目前にした、年齢的な焦りの要因もあったに違いない。

だからその貫多が、藤澤清造の私小説――六、七年前に、或る郷土文学全集の一巻に入っていた抄録ものに目を通してそれなりに魅かれていた、かの書き手の作に再び手をのばしたのは、初手は自らの敗北感と焦躁からいっときでも逃れたいが為の、気休め的な復読だったのである。

だがこれが、そのときの彼には思いがけぬ止血薬の効果をもたらしてくれた。

翌日には、この「根津権現裏」と云う長篇作の全文にありつくべく、無理な借金でお銭《あし》を作って古書店へ走った。以前、その店の目録に売価三十五万円の値で出ていた、無削除本の在庫を確認した上で、これを敢然購《もと》める為である。で、首尾よく入手し、通読してみたら、実際に涙がでた。この私小説家に抱いた勝手な期待が、ないものねだりの幻想ではなかったことを知って、泣いたのだ。

それからの彼は古書展や古書目録で、その私小説家の掲載誌を血眼でもって探した。

そしてそれらを一つずつ集めて読み進むうち、なぜこの書き手に瞠目したかの理由も、次第に覚るようになっていった。

未練な話だが、やはり彼は、終わることはできなかった。

結句《けっく》、私小説への片思いをやめることができなかったのである。

しかし、これはあくまでも読者としての私小説との関わりを指すものであって、この時点でも彼はまだ、自身が書くまでの意向は全く持っていなかった。

その状況のまま、貫多は六年後に小さな同人雑誌に参加していた。そしてそこで、何やら私小説風のものを書いていた。

元は、藤澤清造の老朽した木製の墓標を菩提寺から譲り受けたと云う顛末を、いずれ作成する評伝中に組み込むつもりで、隙《ひま》にまかせて綴ってみたものだったが、この下書きを読んで、小説みたいで面白いと褒めてくれる人もあり、そうなると根がおだてに弱くできてる彼は、それならもう少し小説っぽく仕立ててみようかと、はなから書き改めていったのである。

話の内容が内容だし、どこまでも評伝中の余滴としての側面も残したかったので、どうしたってその書きかたは、ただ見たまま聞いたままを低能の中卒者の緩いフィルターを通して抽出する方法を採らざるを得ない。私小説なぞとは到底呼べぬ、愚にもつかぬ作文である。だが、これを書き継ぐのは英光の小冊子を作っていたとき以来の、久しぶりで味わうところの、何んとも楽しくて没入できる時間でもあった。

慾も得もなく、そして誰に強制されたわけでもないこの作文は、書くこと自体にひどく新鮮な面白さがあった。

外に生活費稼ぎに出ていても、帰ってその話の続きに取りかかることが楽しみでならなかった。寝るまでの、ほんの二、三時間を充てるものだったが、ノートに一ページ、二ページと書き進むと、得も云われぬ達成感が全身を駆け巡った。これを一刻も早く仕上げたい反面、それをしてしまうと、もうこの娯楽が失われてしまう寂しさに、何んだかえらく苛まれると云う奇妙な感覚を味わい、またそれをも楽しんでいるフシがあった。

結句、六十枚になったその作文には、「墓前生活」なる題を付してみた。我ながらいいタイトルだと自惚れ、そうなるともう、この掲載が待ち遠しくってならなかった。

掲載、と云っても、それに伴う費用は全額こちらが負担するから、所詮は自己満足の世界である。だが彼は、その自己満足を得たかった。

なまじ書物に慣れ親しんでしまった悪弊で、自分の文章が活字になっているのを久々に眺めてみたかったことと、たとえ同人雑誌であっても、藤澤清造に関する内容のものが印字されてあれば、いずれ該私小説家の文献リストを編む際には、自分の名もその一項中に記載できるだろうとの、初手に抱いたケチで姑息な下心があったのである。

そうだ。貫多がこの作を手がけていたときの下心と云えば、確かにそれが、ただ一つのものだったのである。

しかし今思えば、このときの彼は明らかに書く快感に酔い痴れてもいたのだ。それが証拠に、かの同人誌には爾後二作を立て続けに書き、そのうちの一篇が『文豪界』に転載されてから十年が経った現在も、彼は正規の文芸誌新人賞を通ってこなかったモグリの書き手のくせして、尚も書くことにしがみついているのだ。

――そしてその貫多は、今はもうすっかりと、私小説を書くことが骨がらみのものになってしまっている。

根が生来の歪み根性であり、何かと云えばすぐ不貞腐れる質の彼は、商業誌に書き始めてわりとすぐに、〝自分の作なぞ、どうで誰も読みやしない〟との、いかにも読者のいない同人雑誌上がりらしい、幼稚な開き直りを得ることができていた。これは今日び流行らぬ私小説を書く上では、案外に大事な心構えの一つであったかもしれない。

また、この開き直りは少なくとも貫多には、〝でも消えてたまるか〟との意地を呼び起こしてもくれていた。事実、彼は特にここ数年は、この呟きを胸の内で繰り返しつつ、意地ずくで、ムキになって原稿用紙に向かっている態《てい》でもある。

それは一面においては、大いに結構なことであろう。創作のエネルギーが何によるかは人それぞれの勝手である。とあれ書き手は何をモチベーションにしようと、完成した作を提示し続ければよいのだ。

が、しかし——そんなにして意地ずくで、ムキになって書いているうち、一方で彼は書くことに以前のような楽しみを感じなくなってしまった。

何か面倒な作業を、しょうことなしにイヤイヤやっている気分に陥ることが、近時はやけに多いのだ。

商業誌に登板するようになって三、四年を経た辺りから、彼の内には書くことに様々な慾がつきまとってきた。

たまさかに、藤澤清造のことを作中に練り込む際にも、最初期の頃のような、少なくとも自身でそれが必然と断言できる信念は薄らいでいる。単に〝歿後弟子〟の看板を掲げる者として、どこか安易に扱っているような自覚は僅かにあるのだ。

だからその貫多は、最近はいろいろな意味で、あの「墓前生活」に立ち戻る必要を感じていた。作風のことではない。最初の作の、あの信念と、そこからの情熱を取り戻す必要を感じていたのだが、この二月の例のライブに行ったときに、それが決定的な痛感に変わった。

その〝地〟の偶然については、これは全くに貫多のみがこじつける奇縁であり、かつ、その「芝公園〜」中にも書いた通り、彼もそれをして天啓だの何んだのとの神がかり的なことを云うつもりは微塵もない。しかしこの偶然は、彼の脱線気味だった心根に、激しく是正を促す力が確かにあった。

あの夜、つくづくと我が身の、いつの間にかの逸脱を省みることとなったのである。

その為、かの「芝公園〜」をものするにあたっては、貫多は誰に読んでもらうつもりも、はなから念頭より除去した。

イヤ、そんな除去をしなくとも、元より彼の小説を読む者は殆どいないのだが、その辺りの改善の道として、ともすれば女、子供からの受けを浅ましいまでに期待し、しかしその都度虚しく外してしまう彼にして、これは初めて左様な狙いの記述も一切抜きにして叙したのだ。

月並みなやつだが、〝自分の為に、今、どうしても書かなければならなかった作〟なぞ云う、例の、あれな類である。

つまり、そんなもの文芸誌に金を貰って載せるな、と云った類の、アマチュア気分の甚だいい気な作を、己れの初志、初一念を取り戻す為だけにものしたのである。

だが貫多はこの中の、ライブを行なったミュージシャンに関する記述では、いくつかの箇所で最後の最後まで、大いに迷ってしまった。

作中では〈J・Iさん〉としたが、何もこの人物についてはイニシャルを用いなくとも、誰のことを指すかは明白なところに相違ない。

それだけに、その描きかたには少なからずの遠慮が働いてしまったのである。

例えば、そのライブ中の部分や、取り巻く人物に対する箇所なぞもそうであるが、取りわけラスト近くの、〈しみじみ、その意志を蘇えらせてくれた、間接的な契機であるJ・Iさんとの流れが有難かった。〉との呟きは、まったくのダメな蛇足であった。

はな彼は、何もそんな取って付けたような空々しい台詞を述べる為に、この作に手をつけたわけではなかった。

そうしたものを或る意味一切否定し、初志に——〝墓前〟に帰る為に取り組んだはずなのであった。

前半の、自己のふやけた熱烈なファンぶりは、構成上でも意図したことだから、それはいい。

しかし情けないことに、根が至って他人の顔色窺いにもできてる彼は、実際にそのミュージシャンの長年のファンでもあるだけに、やはり最後の部分に到って、かようなエクスキューズをダラしなく付してしまったのである。

この一節を削るか否か、また全体的に〈J・Iさん〉の記述を見直すかどうかは、著者校を戻す時間のギリギリまで迷いに迷った。

或いは、あと一日二日あれば、その最善たる決断ができたかもしれなかった。

だが悪いことに、と云うか、その折は該作を書き上げると同時に、すぐと他誌での連載小説に取りかからなければならなかった。——なぞと云えば、何かいっぱしの売れてる書き手風の云い草になるが、その実態はさに非ずで、単に書くのが遅い彼は、この月に提出する二作を、共に期日の目一杯までかかっていただけのことである。それ以前に取りかかっていれば、充分に推敲を決め込む余裕もあったのだ。

そして更に「芝公園〜」に多くの時間を割いた結果、かの連載の方は僅か一日半で仕上げなければならぬ状況を、自ら招いてしまったのである。

それが故——と云っては、些か責任転嫁の格好にもなるが、貫多はその点の逡巡は中途で断念し、結句原稿上で記したかたちのままにゲラを戻すことと相成ったが、これがあとになって、やはりどうにも気になってきたのである。

口幅ったさを承知で云えば、折角に、自分だけの為にものした作である。おそらくは、向後も唯一のケースになるであろう、初手から誰に読まれることも放棄しつつ、けれど今後の自らの仕事には重大な影響をもたらすと信ぜられる作である。なればそこは中途半端な遠慮をせず、真に自身の思った通りの記述のみで、一から十まで徹底して構築すべきだったのだ。

彼は、本当はこう書きたかったのだ。

〈関係者席に得意気におさまり、かのミュージシャンとの交流があることを誇らしく思う、そんな自分がイヤでたまらなかった。そうした邂逅を得るなぞは、少なくともこちとらの陰気で不景気な小説を書く上ではまるで不要なことである。何を目的とし、これまで意地ずくで書いてきたのかを、よく思いだしてみるがいい。かようなライブに招かれて、はな、それが師の終焉の地であることには目をつぶり、ただもうバカのようにうっとりと上気していた自分が、みっともなくってならなかった。余りにみっともなさ過ぎて、自分で自分を蹴殺してやりたい衝動が突き上がっ

てきた。〉

と。――

実につまらぬ、偏狭な思考である。何も自らわざわざ人様との交遊の幅を狭める必要はない。だが、貫多は自分の小説を書く以外のことは（藤澤清造に関してを除き）、本来、一切合財がどうでもいいことなのだ。――イヤ、どうでもいいことのはずだったのだ。

無論、この作は件の心情に至るまでを話の眼目としつつ、基本的にかような直截的な書きかたにならぬようにもしている。いかな誰に読ませる思いも放棄したとは云え、かのミュージシャンを作中で出す以上は、引き合いみたいにして貶しめるかたちにしてはならないし、元よりそうした思いと云うのもさらさら持たぬ。あくまでも彼自身の心根を罵倒しているものなのだ。だから、あらぬ誤解が生じぬよう〈J・Iさん〉に関する記述のところどころには、どうしても配慮のようなものが働いてしまった。

これが、いけなかったのである。

この点が、掲載誌から校了の連絡が来た直後より、貫多にジワジワと後悔を覚えさせてきたのだ。

それは日を追うごとに増幅し、今や彼を、無念やるかたないと云った思いにまで至らせているのである。

掲載号は一週間程前に届いたが、貫多はまだこれを開いていない。

彼が寄贈の文芸誌を、封も開かずゴミ箱に叩き込むことは毎月の儀式みたようなものであったが、それでも自作の載った号だけは中もはぐれば、一応、保存用の段ボール函に投じたりもするのである。

それが、今回の『文豪界』七月号だけは、〈J・Iさん〉の箇所に関する悔いが先に立ち、ついぞ手にとる気にもならないのだった。

尤もそうしたことは、所詮は取るにも足らぬ、つまらぬ問題である。所詮は独りよがりの、自己満足のレベル内での問題にしか過ぎぬ。それをいかさも良心的な書き手でもあるかの如く、こうしてこれ見よがしに痛恨の失策みたいにして騒ぎ立てるのは、最早見苦しさを通り越して、ひたすら滑稽の域に突入していることは明らかだ。

とどのつまりは、書けばいいのである。あの作に書いた通りのことを、ただ黙々と実践すればいいだけのことだし、また自身としてはそれをしているとの自覚があるのだから、本来はもう、それでいいはずの話なのだ。

〈J・Iさん〉の記述については、もしこれが運良く単行本化された際に、まだひどく気になるようだったら訂正を施せばいい。それで充分にこと足りる。

このような些事にいつまでも舌打ちを繰り返していても仕方がない。くどいまでに何度でも云うが、どうで誰に読まれなくてもかまわぬ作なのである。

貫多としては、そんなにして自分のみの格別の思いをこめただけに、できる限り全文これ本音で占めたかったことは事実だが、それもまた所詮は気休めの、単なる自己満悦でしかなかろう。多少、と云うか、一部本音と違う箇所があっても、あれはもう、あのかたちでいい。

そんなことにいつまでも気を取られるより、かの一篇をものした何よりの目的たる〝「墓前」に立ち戻る〟を、引き続き実践する方が大事である。

そこを見失っては、何んにもならない。

――と、こう無理にも考えてはみるものの、しかし根が甚だ都合勝手な完璧主義にできてるところの、その貫多の身に潜む苛立ちは、やはりそうすぐと簡単には消え去ってくれぬようでもあった。

で、そんな思いをふとこりつつ、それから数日を経たのちの貫多は、久方ぶりに神保町へと出張っていった。

駲染みの落日堂に赴く用事があったのである。

この、目録販売専門の古書肆の主人である新川は、貫多のこれまでの駄作中にもしばしば登場している。

その中での新川は、過去に彼から罵倒されたり、恫喝をうけたり、金を捲き上げられたりと散々な目に遭わされている。但、新川は夜間大学に在学しているときから叔父の経営する近代文学の専門古書店で働きながらも、当人は殆ど小説、殊に純文学と称されるものをまるで読まぬ男であった。そのくせ商売柄、近代文学書の知識だけは、いわゆる古本大学と云うやつで驚く程に博識なのだが、当然現今の文芸誌なぞは、その種類も把握してないフシがある。

従って貫多の駄作も、おそらくは初手の一、二篇以外はまったく読んでいないから、そのときも彼の、例の「芝公園～」絡みの心中の屈託には一向に頓着のない、かつ、過去にモデルにされている件もまるで気付かずのノンビリした風情で、ひどく閑そうに煙草をふかしていたのである。

「――七夕の、M古典会の目録が、そろそろ出来た頃じゃないかと思いましてね」

貫多が久闊の挨拶もそこそこに、開口一番でもって、その目当てであるところの用向きを切りだすと、新川もそこには毎年のことゆえ心得たもので、特に言葉らしい言葉も発さず背後の雑本の山の一角から、その頂きに載せてあった部厚な大判のそれを取り上げて渡してくれるのだった。

毎年七月の初旬に、古書業者内の一つの団体が開催している、大市の目録である。

これは通常の業者間のみでの取引きと違って、一般客からの注文も可能な、入札形式のオークションなのである。年一回の最大の市だけあって、全国から明治大正昭和の、〝値の付く〟作家の肉筆物や初版本、それに古典籍や刷物、近現代資料等が一堂に集められるのだ。

そしてその出品目録は、例年開催日の二週間程前に配布されるのが常であった。

古ぼけた事務机を挟み、新川の対面に座した貫多は、期待に高鳴る胸に一つ息を入れてから、まずは巻末の出品物の一覧ページを開き、そこに血走った眼を走らせてゆく。

すでに何が載っているかを知っている新川に、この時点では、まだそれについて緘黙しておいてもらうのが毎年のしきたりである。そこに目指す品があるかどうかを、貫多は自身の目で確認したいのだ。

そして、結句見当たらずにガックリすると云うのも、ほぼ例年の展開ではあった。

だが、今回は違っていた。そこには一通、藤澤清造の書簡が記載されていた。肉筆物の市場での出現がきわめて稀な、この私小説家の手紙が出品されたのは実に十四年ぶりのことである。

一気に頭が熱くなった貫多は、今度は慌てて目録の写真ページの方をはぐってみる。

と、そのもどかし気な指を止めた一ページ——久保田万太郎や室生犀星の原稿、岡本かの子の書簡等と七分割になって掲げられている、件の清造書簡の現物写真を見た途端、貫多の口からは思わずの怒りの舌打ちが放たれたのである。

二百字詰の原稿用紙三枚によるそれは、紙が重ねられることなく、無粋にも、きっちり並べて撮影されていた。

「――何んだよ。これじゃあ文面が、まるまる読めちまうじゃねえか」

肉眼でも何んとか判読できそうだが、新川にルーペを借りて拡大すると、これは実に鮮明に、楽々と全文を読みくだせたのである。

〈原稿用紙でもつて、失礼します。

今日お社へ寄つたら、あなたはまだお見えにならないと言ふことでした。――僕の寄つたのは、午後一時半頃でしたが、あなたは毎日、出社になるのは、午後の三時からださうですね。

で、今日お寄りしたのは、あなたに雜文でも買つて頂けない物かと思つたからです。如何でせう。一つ面倒見てくださいませんか。

それとも、一ヶ月位續く讀物を、使つて頂けないでせうか。これは書いたのがありますから、見てくださるなら、直ぐとお屆けします。

とにかく僕は、僕の手で出來るものなら、何うした事でもしますから、一つ御心配くださいませんか。願ひます。

もう僕など、世の不景氣風に吹かれて、食ふことも飲むことも出來ない態です。ですから、此の頃は、何うにかして、少しでも金になる事をしようと思つて、無我夢中なのです。かはいさうだと思つてください。

其の後のあなたは、お変りありませんか。善い意味に取れば別ですが、また今年も、秋風都門に入つて來ました。何うぞあなたは、お體大事にしてください。

十月七日夜

藤澤清造〉

正字、新字混在は原文ママ

昭和五年に、或る新聞記者に宛てたところの、実に清造らしい文面の手紙である。すでに落魄の一途を辿っていた時期であり、宇野浩二をして、〈その一生を貧窮にくらしながら、決して人に頭をさげず〉(『芥川龍之介』)と云わしめ、また今東光からは、〈土台、彼は人に頭を下げるのが嫌いだった。まして喰えないから銭を呉れろなどとは口が裂けても言えない奴だった。〉(『東光辻説法』)と称讃された面影は、この手紙では到底感じ取ることができないであろう。

尤も、清造のかような内容の書簡は決して晩年よりのことでなく、大正年間から田山花袋や細田源吉、横川巴人らにも送っており、くどい程に先方の体を気遣うところも相変わらずの芸であった。署名や筆蹟を見ずとも、文の冒頭部分を耳で聞いただけで清造の書いたものと知れる、該私小説家の典型的な手紙である。

それだけに、こうしたものに関しては内容が写真版によって容易く確認できぬ方が望ましい。後で入手が叶ったときの楽しみがなくなる、なぞ云う可愛気のある理由からではない。こうしてその全文が落札しない者にも読めてしまうことが、貫多みたいに根がケチで狭量な資料第一主義にできてる輩には、甚だ面白くないのだ。

漱石や芥川や太宰の手紙ならば、仮令それが全集の書簡篇に入っていても、筆跡そのものを所持したがる熱烈なファンは数多《あまた》いよう。が、清造のように一般的にはマイナー視される存在の場合、その種の有名作家とは書簡の扱いも明らかに趣きが異る。文面については、身銭を切った当時者のみが知ることのできる配慮と云ったものが必要であろう。

――と、そうした意味の愚痴を再度呟いてみせると、根っからの古書業者たる新

川は、

「――それはお前さんみたいな異常な清造狂いにしてみたら、そういう理屈にもなるんだろうけどね。でも古本屋からすれば、とにかく売ってしまいたい一心だから。現物のすべてを写真で見せた方が、そりゃあ商売としては良心的ってことにもなるだろうよ」

やはりここでも、一向に頓着を見せぬ口ぶりで言う。

「ふん、しかしそうなると……この書簡の価値も半減とまでは云わねえけど、何割がとこ差し引いて考えざるを得ませんね。すると妥当な線では三十万ぐらいのところで、ぼくに確実に落ちるでしょうけど……」

該書簡の、出品者による入札最低価格の設定は十万円と記載されている。この場合、五枚までの札を投じることはできるが、しかしそのそれぞれの値付けの判断は大いに悩ましいのである。

「この前、清造の書簡が出たときは……お前さんは、あれをいくらで落としてた？四百万とかじゃなかったか？」

思いだしたように新川が言ったが、四年前に落札したそれは、新発見の創作の原稿三点、それぞれが首尾の揃った合計百四十一枚の方である。

「いや、書簡は十四年前の、中河与一宛のものまで遡りますよ。あの手紙は巻紙に十九行ぐらいのものでしたが、確か五十万で落としてます」

「下札で？」

「そう。下札で五十万に、プラスでヒゲの端数です」

十四年前と云えば、貫多はまだ例の同人雑誌にも入ってない頃である。小説を書く気持ちも芽生えていない。あのときは五十万の金の工面に、ひどく手こずった憶えがある。

「やっぱり今回も、下はそれぐらいから始めてみるかな」

しばし沈思黙考の末、意を決したように貫多が口にすると、新川の顔色は途端に、妙に曇ったものとなる。

「五十万からか？　今、価値が半減とかなんとか言ってたばかりなのに……それはやめておいた方がいいんじゃないか。下は十一、二万で様子を見て、上もせいぜいが三十五、六万程度にしてその中間を刻んでおいた方が、この場合よくはないか」

古物商の鑑札は所持しているものの、古書組合には入っていない貫多は、此度の入札も従来通り新川に代行してもらう為、その額については現物不見転《みずてん》でも綿密に打ち合わせをしておく必要があったのだが、今回の新川は、ヘンにその額の設定には及び腰を見せる風であった。

これは或いは、過去に新川からトータルで五、六百万の金子《きんす》を借りまくった貫多の、根が金銭にダラしなくできてる資質に改めての警戒を、ふいと抱き始めたものなのかもしれなかった。

そして新川は更に続けて、

「お前さんが、なんか小金を稼ぎまくったのは知ってるけど、それだって使えば確実に目減りしていくんだし……もし、次にまた清造の書簡なり原稿なりが出てきたらどうするんだ。そんなにして一人で値を吊り上げてよ、結局は自分で買い取っていたんじゃ、本当に値段が天井知らずの一方になるぞ。この間の原稿の四百万だって、全部下札で落ちたにしても、もともとがキ○ガイ札になってたじゃないか」

なぞとも、捲し立ててくるのだ。

「いや、一点は下から二番目まで突き上げられてましたよ。だから今回のだって、ヘタに余裕をこいて油断してたら、取りこぼすことがあるかもしれない。〝歿後弟子〟を名乗ってる以上、間違ってもその事態を招くことはできねえ。その事態だけは、ぼくとしてはどうでも避けなけりゃならねえんですよ」

「けど、もうそろそろ現物を手に入れなくてもいいんじゃないのか。こうして内容も読めるし、宛名も日付けも確認できるんだから、『全集』に入れる為なら、それでもう充分じゃないか。他の作家を研究してる大学の関係者なんかは、みんなそうしてるぞ」

「いや、そうした手合いとこのぼくを、一緒くたにしないでもらえますか」

「そこまでして現物にこだわる理由が分からんよ。お前さんは現物で集める行為を、なにかカッコいいこだわりのように思ってるのかもしれないけど、なんだか筆跡マニアの好事家みたいで、かえって浅ましく見えるぞ」

「馬鹿野郎、筆跡なら誰のものでもいいと云うわけじゃねえや。それが藤澤清造のだから必要なんだ。他の作家のなんかはどうでもいい。どんな文豪のだって、そんなもんはただの文字が書いてある紙切れだ」

「もう十通以上持ってるんだから、それで満足したらどうなんだ」

「十通以上、じゃねえ。二十一通だ。見損うな」

貫多が大見得を切ると、新川はそこで口を噤み、ややあって、どこか溜息まじりと云った調子で、

「でもなあ……そんなことしてたら、そのうちお前さんは、また破産するぞ。どうしても現物主義でいくんならよ、悪いことは言わないから、底値近くの額から始めて二十万円前後を勝負どころにしてみなよ。対抗するのが手張りの業者だったら、おそらくその辺で脱落するだろうし、九割方は、それで手に入ると思うけどなあ」

なぞと言う。

で、親身なのか何んなのか、新川はそれから尚もひどく執拗に、此度の低額設定を勧めてくるのである。

しかし新川が力説すればする程、貫多は次第に、ここ最近の心中の苛立ちが減じてゆく思い。

そして彼は、やがて内心でもって、ひっそりと北叟笑みを洩らすのであった。

それから二週間ばかりを経《た》てた深更——所用を終えて帰室した貫多は、酒の酔い

が醒めるのを待ってから机の前に座り、留守中に落日堂より届けられていた、藤澤清造の書簡を飽くことなくひねくっていた。

松屋製の、清造が愛用していたところの見慣れた原稿用紙である。そこに、やはり見慣れたペン書きの文字が踊っている。

落札価格は、下札の五十五万のヒゲ付きだった。

はな決めた通りに、その値からスタートしたのだが、上札は例によっての、貫多以上の清造狂いでなければ絶対に追いつけぬキ○ガイ札を投じておいた。

五十五万でも、貫多にとっては完全に生活に支障を来たす額だが、もし一番上の札まで突きあがっていたら、彼は預金通帳に残っているアブク銭を、すべて吐き出すこととなっていた。

こうして無事に入手を果たしてみると、文の内容がすべて知れた手紙に対して全財産を注ぎ込むと云うのは、些か間尺に合わぬとの分別も不思議とついてくる。だが、かと云ってヘタに手控えて、万が一にも〝歿後弟子〟の看板に自ら泥を塗ることの方が、貫多にとってはよっぽど致命的な自殺行為である。

――まだまだ普通に、清造に関して見境がなくなれることを確認できたのは、今の貫多には何よりも喜ばしく、また、訳のわからぬ全能感を身の内に蘇えらせるものでもあった。

せんに新川から、その点での執拗な助言を受けた際、それに耳を傾けながら彼は自らを試してもいた。少しでも入札額を抑える方向に、自分の心が動くかどうかを。しかし、結句それは毫も変わらなかったことに、我ながら会心の思いを得たものだった。

この年齢にもなって、未だその点にだけは変化のなかったことは、もしかしたら、そう手放しで喜べる事柄ではないのかも知れぬ。が、二十九歳時に自身の人生の完全なる敗北を覚り、あらゆる面での落伍者を安っぽく自認している彼には、それは紛れもなく、己れの無様で惨めな生を支える矜持の柱ともなってくれる。

そう云えば四年前にも、これと実によく似たケースはあった。

世間的に有名な、或る文学新人賞を受けて以降、虚名のみは上がっても原稿仕事は一向に増えず、何か内実の伴わぬ虚しさをかかえていた最中《さなか》に、先述の、清造の新発見原稿と出会わしていた。

あのときは、落魄の様々な無念がこもっているかのような肉筆の原稿を前にし、この師への思いを失くさぬ限りは、自分はまだ書けると思った。需要があろうがなかろうが、消えてたまるかとの意志を取り戻すことができた。

　そして今、その書く意志はあっても、何か書く目的の初一念が薄れたところの軌道修正を期した折も折、極めて間接的な――そして書面を通した奇妙なかたちながらも、またぞろその人の新たな声を聞けたことは、件の状況下の彼には最強の、唯一無二の援軍となり得るものである。

　しかし、これでそう容易く、束の間の静謐を安直に覚えている場合ではない。

(何んの為に書いているのか――あの初志に立ち戻らないといけねえ)

　貫多は改めてこの呟きを胸に刻み、そして書簡のヘタな文字の羅列の上に、また目を落とすのだった。

深更の巡礼

二〇一五年の七月も下旬に入ると、北町貫多の一日は俄かにゲラに明け暮れるような格好となった。

イヤ、〝明け暮れる〟なぞと云っては、ちと大袈裟になるかもしれない。売れぬ五流の私小説書きである彼の仕事量は、所詮《しょせん》はタカが知れている。何もそう、のっけからいっぱしの作家風に、〝ゲラに明け暮れて〟云々を強調するがものはなく、それは、平生はごく当たり前にこなし得る範疇の作業に過ぎぬ分量ではあるのだが、しかしながらこの月以降は、彼としては珍しく書籍の方での著者校が、幾つか重なっていた。

そのうちの直近での一つは、今月まで三年半連載を続けさしてもらっていたエッセイの単行本化であり、これはこの機会に徹底的に手を入れたい思いのもと、集中の各篇を全改稿する意図をもって、ゲラが出る前に初出へ訂正を施していたのだが、しかし此方はまだ良いのだ。どうで自身の文章のことであれば、或る意味どこまでも気は楽なのである。訂正を重ねた上で、尚も書き間違いをしようがテニヲハがおかしかろうが構いはしない。結句《けっく》、己れが恥をかいて冷笑を浴び、延いては物書きとして、あらゆる意味での損失を蒙れば済むだけの成り行きである。

だが、人様の文章のことでは、到底そうも開き直るわけにはゆかない。

そして悪いことに、更に直近の一つの方が、その人様の作品集のゲラなのであった。

田中英光の文庫本の、本文校訂なのである。

そもそもこれは、三年前に通っていた企画であった。貫多の大正期の私小説家、藤澤清造に対するのめり込みかたは、知る人ぞ知るの類の話であるが、それ以前に十代の終わりから二十代後半にかけて、もっぱら田中英光を崇めていたことは、これは尚と知る人ぞ知るの類の事実である。

で、その三年前の時期に、K書店で面倒を見て貰っていた岾田《やまだ》と云う、明治の文豪の曾孫だか玄孫だかの若い編輯者に、何かの話のきっかけで——そうだ、それはこれよりだいぶ前に、K文庫から復刊されていた織田作之助の『青春の逆説』の話が出た折に、この再刊の快挙の次弾的意味合いで田中英光作品の復刊も嘆願したのが、はなの始まりであった。同文庫では、過去に二冊の田中英光本を刊行していた。

そして多少の紆余曲折はあったものの、それが最終的には貫多の編纂で、実際に発刊される運びとなったのである。

そうなれば当然、藤澤清造の完全網羅に近い全集の作成を、自身の最後の目標に掲げている貫多たる者、ヘタな編著は作れない。単に作の編成だけをして、えらそうな監修者ヅラをきめ込むわけにはゆかなかった。

少なくとも藤澤清造と、この作家の著作に関する限りは、本文の方も自身で一字一句校訂した上でなければ、その驥尾《きび》に付して己れの名を〝編者〟なぞと称して冠する気には、絶対になれない。

とは云え、それからも尚と少々の紆余曲折の刊行遅延を経て（主たる理由は、偏《ひとえ》に貫多の怠惰さによるものであるが）、実際に発刊の目途が立つまでには、先にも述べたようにそれから実に三年もの時間を要してしまった。

その間《かん》に、当初貫多の側で目論んでいた収録作品の一部差し替えは叶ったが、しかしそれは必ずしも十全に、彼が望んだかたち通りのものにもならなかった。

何しろ版元サイドによる刊行についての条件は、せんに同文庫に入っていた二冊を合本形式にするのを前提としたもので、この二冊での表題作を動かすことは不可と云うものである。

だが、その二作と云うのは田中英光の全作中で最も膾炙《かいしや》しており、何も現在わざわざ復刊せずとも、古本屋にて廉価でいくらでも入手できるものであるし、インターネット上では無料で読めてもしまうのである。

なので貫多は再三この点についての説明を行ない、他の、現今手に入りにくい、知られざる名作の方を収録すべきことを力説したが、それは結句聞き容れられることはなかった。

尤もその点については、無論彼としても譲歩しなければならぬ問題であることは分かっていた。此度《こたび》の書は、一冊本の限られた紙幅ながらも『田中英光傑作選』と謳っており、その代表作と目される二篇を外しては、やはり一般的には〝傑作選〟たり得ぬ体裁となってしまうであろう。

と、それは充分に理解しながらも、しかし根が我儘《わがまま》者にできてる彼には、この版元サイドの融通の利かなさ加減に、少々慊《あきたりな》い思いを抱いたこともまた事実なのである。

で、当然のことには、貫多のそのゲラの作業はいつにない——三年前に、S潮文庫から出してもらった『藤澤清造短篇集』の本文校訂時と同等の慎重さでもって行なっていったが、実のところ、これはこの時期の貫多には甚だしく鬱陶しいものがあった。

彼はこの二箇月ばかり前に、『文豪界』誌に「芝公園六角堂跡」と云う八十五枚のものを発表していた。これは今年の初めに、或るミュージシャンのライブに招かれた折のことを書いたものだったが、その会場となったのは、藤澤清造が行き倒れて狂凍死した跡地の傍らに聳《そび》え立つホテルであり、久方ぶりにかの地に赴きながらも、当初はライブにのみ上気していた自らの不心得を終演後に省みると云うだけの、まことに他愛のない愚作である。しかし貫多はこれを、今までの十年間に書き散らしたどの作にも含まれぬ、或る熱情をこめてものしていた。

商業誌で書かせて貰えるようになってから、これは初めて、はなから誰に読まれるつもりもない、アマチュア気分の甚だいい気な作に仕上げるつもりで叙していた。この素人気分の、私小説を書き始めた頃の初志と云うか、初一念と云ったものを自分の為に取り戻す目的のみで、どうしても書いておく必要があったのだ。藤澤清造の〝歿後弟子〟との看板が、無意識のうちにもどこか形骸化していたような自身の心情を、ここで一度しっかりと検分しておく、火急の要に迫られて書いたのである。

それが為、貫多はその作中で記したことをガムシャラに実践すべく、新たな心境下での自作を矢継ぎ早に書きまくらなければならぬ状況にあった。何よりも、自分の小説を遮二無二書きたくてならない状況にあった。

なのでこのタイミングで田中英光作品の校訂に手をつけるのは、これはかなり間《ま》の悪いものにも感じられてしまったのである。元よりそれは、根がバカの中卒者である彼には、とてもではないが片手間に行なえるような作業でもない。底本と突き合わせて一字一句、その文意をも含めて確認してゆくのは、実際にえらく七面倒なことでもある。

無論、この役は彼が自身で望んだ申し出ではあった。夜郎自大な云い草だが、至って杓子定規的な校閲者よりかは、それは自分の方が田中英光の文体や言い廻しの独特のクセにははるかに通じ、熟知してもいるのだ。ダテに十九歳からの丸十年間を、田中英光作品の復読につぐ復読の日々で経《た》てていたわけではない。

しかし根が人一倍に単純で、人一倍の焦り体質にもできてる彼は、やはり今はそれよりも、自分の小説に取り組みたくてウズウズしているのである。

毎月の、『昴』誌における連載小説だけでは到底もの足りぬ。藤澤清造と云う〝原点〟に意識的に立ち戻った今こそ、滅多矢鱈に自らの駄作を連発したくって、ジリジリしているのである。

こんな精神状態での校訂は、田中英光の為にも自分の為にも良くはなかろう、との甚だ手前勝手な懸念通り、件《くだん》の焦躁はヘンな捩じ曲がりかたもしてしまい、例えばかのゲラに、編輯サイドによって振られた過剰なルビが、彼の苛立ちを何か一層に煽り立ててもくる。

皆が皆、学校教育を受けられなかった時代の新聞ではあるまいし、なぜ今のこの時代に、かような総ルビに近いまでの、行き過ぎの配慮を施す必要があるのだろうか。

むしろこれは読者への配慮なぞではなく、有名大学出身、一流出版社在籍自慢の編輯者が、ただムヤミに一般読者の漢字判別能力をバカにし、見くだしている心情のあらわれなのではないか、と疑いたくなるような執拗な振りかただ。文庫本の小さいサイズの行間の中に、これだけいちいちルビが振られていては、却って読みにくくってかなわない。

そしてまた、校閲者によって鉛筆字で書き込まれているところの、差別語に対する、まるでしたり顔風の細心な指摘も目ざわりで仕方がない。

差別語として例を挙げるのも馬鹿馬鹿しいような、原文での些細な語へ向けての神経質過ぎる指摘が、ほぼ二、三ページに一、二箇所の割合で入っているのである。

そのくせ単純な誤植の方は、いくつか見落としているのだ(言い忘れたが、このゲラは最初に底本通りの初校を出してもらって底本を共有した上で、貫多がそこに校訂を加えて行く方法を採っていた)。

そうした、種々の小さな不満をかかえてのこの作業は、根が人数倍に度量が狭くできてる貫多には、当初はもう一つこう、完全には没頭しきれぬものが確かにあった。

昼夜逆転の生活を、もう十数年に亘って経《た》てている彼は、毎日昼過ぎになって起床する。

それから宵の口ぐらいまでは何んやかやの雑用を片付けて時間を過ごし、夜八時九時ぐらいになってから、まずは自分のエッセイ集の、初出への訂正の方を始めだす。

そして大層な時間をかけて二篇か三篇の手直しを終え、さて改めて雑用だのくだらぬ私用だのをこなしたのち、ようやくに田中英光作品のゲラに取りかかるのは、深更も一時に近くなった頃合のことである。

それから明け方の四時過ぎぐらいまでをこれに集中するのだが、小説を書くときと同様、彼の人様より容量の少ない脳味噌は、これより長い時間の使用を続けると、ピタリとその動きを停止してしまう。

ただささえ最初に手をつけているのが、例の表題作たることを義務付けられたうちの一篇である。

これは二百枚程の長さであるが、正直云って貫多は、巷間においては英光の代表作で通っているこの中篇をさほど好んではいない。むしろ該作よりも、晩年の「酔いどれ船」なり、戦後共産党活動の理想と脱落を描き、政治と文学の弁証的統一を先駆的に試みた「地下室から」なりの、どちらかの長篇を多少紙幅に無理を云わせてでも収録したかったのである。

それだから尚のこと、決して十全には興が乗らぬまま、彼は仏頂面でもってゲラの文字を一つ一つ確認したのち、その一節を文章としてもまた確認したりしていたのだが、まるで改行の少ないその文章は、それが田中英光の書きグセと分かっていても、ふと不安に駆られる部分が多々あって、その都度作者の生前に刊行された異本——初出誌、初刊本等の当該箇所を参照せざるを得ない。

幸いなことに、貫多の貧しい書架には、それでもこれらに必要なだけの資料は揃っていた。

二十八歳時に、それまで良くして頂いていた田中英光の遺族のかたに、酔余の果てに一方的な無礼を働いて出禁を食らったとき、彼は自省の念から向後は田中英光の作品に二度とふれぬことを決め、その追尋の一切の廃止を自身に課して、それまで稼ぎのすべてを注ぎ込んで蒐集していた、この作家の肉筆類を含む資料もほぼ全部を手放していた。

知人の古書肆の主人である新川を通じ、或る文学館に一括八百万円の値で引き取ってもらえた事実が物語るように、それは甚だ汗牛充棟とでも自讃したい程の資料類だったのである。

だが、それから二十年の月日を経《た》てた間には、彼は古書展等で田中英光の著作や掲載誌を見かけると、余程にバカ高くない限りは、やはり未練がましく手をのばしてしまっていた。

その繰り返しが、いつか再び貫多の手元に、一巻本での代表的な作の選集を編むに足る資料を、またぞろ揃えさせていた。

これが今回、図らずも役に立ったわけだが、しかしながらその頻繁な参照の反復運動が、先にも云ったように、自分の小説を書くことのみに一刻も早く没入したい彼には、いかな必要なことと云えど、これがどうにもまだるっこしくて仕方がないのである。

それらの更なる確認の為に、『字源』なぞを取り上げて、部首の作りから辿って読みを幾度も調べたりすると、もうそれだけでこの日は時間切れ——即ち集中力の限界を迎えることもしばしばであるのが、また彼の心中に実に虚しくも腹立たしい思いを、ジワリと湧き上がらせてくるのであった。

そんな折の、八月に入ってからの夕方に、所用で神保町まで出た貫多は、帰途の足ついでに落日堂に寄ってみることにした。

落日堂は先述の、彼が田中英光資料を手放す際に仲介役を担った、馴染みの古書肆である。但《ただし》、店舗にはなっておらず、目録その他で売買を行なう事務所形態での古書肆なのだが、貫多はここで二十代の頃にはもっぱら田中英光の資料を、そして三十代に入ってから現在に至るまでは、藤澤清造に関する資料類を随分と優先的に融通してもらっていた。

また主人の新川には、小説だけでは食えなかった以前はその品集めの手伝いのようなことをして幾ばくかのお銭《あし》を恵んで貰い、他にも個人的な借金を、あれで五、六百万は重ねていた時期もあった。

と、事程左様に人の好い、かの新川は、この日もノックもせずにいきなりドアを開けて入ってきた貫多に対し、殆ど全身でもっての分かり易い驚愕を示したのち、

「よう、大先生。こないだは本を送ってくれて、ありがとう。そのうち読ませてもらうよ」

と、いつもの気弱そうな笑みを浮かべて述べてくる。

「うん。だけどぼく、ここ最近は冗談にも、ちっとも大先生なんかじゃねえんだ。何しろこの一、二箇月は、小説と云やあ続きものしか書いちゃいねえんだから」

まともに答えながらの貫多の目は、新川の座る背後の書棚の隅に、背をこちらに向けて平べったく置かれている自著を認めた。先月、S潮社から出してもらった短篇集だが、記録破り的にサッパリ売れぬので、次にまた自分の本がどこかから出る幸運に恵まれても、それは必ずや更に部数が減少されるだろうから、もう新川にもこれまでのように気前良く寄贈する余裕もなくなるであろうことを、チラリと思う。

「どうした。表情が冴えないね。大先生ならではの、創作上のスランプにでも陥りましたか？」

「まあ、そう云うからかいかたは、今日のところは止しといてもらえませんかね。一寸ぼく、その辺のフザけた台詞を余りこう、重ねて投げつけてこられようものなら、ちと抑えが利かなくなりそうな心情でもあるもんですから」

恰度《ちょうど》一廻り年上の新川に、長年の習慣によるところのえらそうな口調で一本釘を刺した貫多は、その対面の椅子にどっかと腰を下ろすと、ズボンのポケットからクシャクシャになったラッキーストライクの袋を引っ張り出す。そしてその中からひん曲がった一本を抜き、指で伸ばしておもむろに火をつけたのちに、

「ときに、何か清造関連のものは入っちゃいませんかね」

さして期待もかけていないような口ぶりで、一応の用向きを切りだした。

「大正期の『演芸画報』が何冊か入ったけど……多分、お前さんはもう持ってるやつだと思うよ」

「多分、とは、また見くびられたもんだなあ。『演芸画報』なんて、清造資料の基本中の基本じゃないですか。その手のものならこのぼくに、〝入ったけど〟なぞと、わざわざ知らせてくれるがものはありませんよ。それはとっくの昔に、創刊号から終刊号までのを合本で架蔵しているし、清造掲載分の号は、バラで全冊揃ってるんだから」

藤澤清造は明治四十三年、かぞえで二十二歳時から、大正九年の同じく三十二歳

時までを同誌編輯部に訪問記者として在籍していた。その、活字化された署名入りでの初めての文章も、同誌の大正三年の号に載っていた。

「ああ、それはそうだろうね。と、なると他にはお前さんが眼の色を変えてくるようなものは、なにも入っていないね。いつもの如し、だよ」

「ふふん。まあ、そう簡単にあれこれ出てこねえところが、清造資料の有難味でもあるんですがね。だからたまさかに、この間の七夕での書簡みたいなのが出てくると、こちとら熱くなっちまって、どうにもならねえと云うんですよ」

貫多がその折の入手の余韻を俄かに思いだしながら、一寸感に堪えぬ風に言ってみせると、新川はその彼の言で気が付いたように、

「ああ、七夕の大市で藤澤の書簡が出たのは、お前さんは随分久しぶりのことだとか言ってたな。しかしあれも、また一番下からとんだキ○ガイ札を入れたもんだったよな」

先月――七月の初旬には、古書業者内の一つの団体による年に一度の大市が開催されていたが、ここでは藤澤清造の書簡としては実に十四年ぶりとなる出品があった。

元より滅多に肉筆類が古書市場にあらわれぬ作家であり、貫多が該作家の押しかけの〝歿後弟子〟たることを志願して以降のこの十八年間でも、その自筆物がかの大市に出品されたのは、それが僅かに五度目のことであった。

そして新川は更に語を継ぎ、

「けど、結局は下札でお前さんに落ちてたじゃないか。だったらなにも、のっけからあんなキ◯ガイを入れなくたって、もっと下の、底値に近い値段から始めていても、あれは大丈夫だったと思うぞ」

「またその話を蒸し返しますか。もうそれは、無事に終わったことだからいいんですよ」

古物商の鑑札は取っているものの、古書業者の組合には入っていない貫多は、こうした入札にあたっては常に新川に代行してもらっていたが、その〝遣《や》らずの札〟とも云われる、常識外れの高値を設定したキ◯ガイ札の入れかたについては、彼はこの入札日に先立っても、新川からやけにクドクドしい忠告を受けていた。

「いや、また今後のことだってあるんだからさ。確かに俺が札を入れたとき、封筒にはもう何枚かの札は入っていた感じではあったけど……それでも底値の十万円台から始めても大丈夫だったと思うし、万が一に突き上げられたとしても、おそらくは二十万円台、最悪でも三十万円台での勝負になっていたはずだよ。正直言って、あれをお前さんと競って手張りで買おうって業者はいないと思うぞ。今は他に売り先がないし、そんな高騰化したのを買う個人も公共機関もないんだからな。俺はそういったことも踏まえて、この間、お前さんと入札前に話し合ったときにはうるさく言ってやったんだけどなあ」

新川は殆ど溜息まじりと云った調子で、今更ながらの苦言のようなものを呈してくる。

貫多は先日のその折の、先方の親身なのか何んなのかよく判らぬ忠言を丸無視し、かの大市で過去四度あらわれた清造の肉筆類を、いずれも自分が首尾よく落札を果たした際と同様の方法を採っていたが、それは彼としてどこまでも大正解の道だとの自信があった。あのとき、その方法を一切迷わず選べたことによって、自らの心境と云うか心根に、未だ初一念の思いが失われていないのを確認でき、大いに救われるところがあったのである。

いったいに貫多は、藤澤清造に関する資料はそれが肉筆物であれ印刷物であれ、すべて現物で入手しなければ気が済まなかった。先述したように、それらの現存数は極めて少なく、他の同時代の作家のように数が出廻りすぎていて収集しきれぬと云った弊害がないこともあり、とにかく自分の目と耳にふれた限りの、市場や古書目録に出てきたものや、所持していることが判った個人蔵のものは、あらゆる手段を駆使して、今のところはすべて収集を果たしていた。

根が馬鹿にできてる彼は、ただ作品を読むだけではなく、その作家に関して実際に常に体を張り、身銭も切りまくることが、〝殁後弟子〟とまでを名乗る上での、必須の資格のうちの一つでもあるように感じていたのである。

そしてまた、それらの資料類は、貫多が手がけている藤澤清造の全集や伝記の作成上に不可欠となる材料と云うだけでなく、手元に置いて、事あるごとに眺めることが、彼にとっては紛れもなく師の孤影を偲ぶ上での、最大級のよすがともなるものであった。

で、あるからこそ、かの大市のような置き札形式の競合で、彼は〝殁後弟子〟として、その師に関する出品物を、まかり間違っても取りこぼすような失態を演じるわけにはゆかないのである。

「――うん。でも、それはまあ、いいって云ってるんですよ。現に四年前の、原稿が三点も出てきたときには変な突き上げかたをされた例もあるんだから、なまじ油断して取り損ねちまったんじゃあ、何んにもなりゃしねえんだから」

一切の虚勢を抜きにして、貫多が虚心坦懐に述べてみせると、新川はそこでちょっと苦笑めいたものを浮かべ、

「確かに、お前さんが稼いだ金なんだから、それをどう使おうと勝手の話には違いないんだけどね……そう言えば、あのとんでもない金額の上札でも、市場の職員はもう何も言わなくなってたな。あの原稿が出たときとか、その前の葉書が四枚まとまってのときなんかは、開札後に、上札のケタを一つ多く付け間違えたんじゃないかと、わざわざ問い合わせが来たもんだったけどな。通常市でも、もう十何年か前に、『羅生門』の再版が入っていた一本口に『根津権現裏』の後版の書き入れ本が紛れ込んでいたのがあっただろう。あれ、誰宛の署名だったかな……」

「川村花菱《かりよう》宛ですよ」

「ああ、そうか。それであの一本口をすぐお前さんに電話で知らせてさ、その指示で下を五十八万円から入れたとき、札を開けたあとで市場には五万八千円からの間

違いじゃないかと確かめられたけど、さすがにもう、そういうことはなくなったな。結局お前さんが買っているのは、業者の間では結構知れ渡っているからね。N書堂から聞いたんだけど、なんか小説にも、そんなことを書いたりしているんだって？」

「ええ、まあ。たまにね」

新川は、貫多の書く愚作を初期の頃の二、三以外はてんで読まぬので、そうした市場等での清造資料入手に関する話柄だけでなく、新川当人をその後もたびたび作中に登場させていることも、未だにまるで知らないようなのである。

「けど、それはちょっと諸刃の刃《やいば》じゃないのか」

「え？」

「いや、そうやって藤澤の資料をキ〇ガイ札で買ってるのを得々と小説に書いてたりしたらさ、今後もお前さんが買うってことを見越された上で、藤澤の物はどんどん値が吊り上がっていくんじゃないか、って意味で言ってるんだけどね」

「そいつは諸刃の剣、って云うんじゃないですか。どっちの言葉も使えるのかもしれないけど……まあ、それはともかくとして、何んかまた新川さんのお株の心配性が始まりやがったなあ。それと同じようなことは、こないだもさんざ云ってましたよ」

「いや、そうは言うけどさ、誰かが教えてくれたけど、古本屋の中には結構お前さんの小説を読んでるのがいるらしいんだよ。で、またその中には私小説だからって、書いてあることの全部を全部、真に受ける人なんかも、もしかしたらいるかもしれないぜ」

新川は、その特徴的な八の字形の眉を、ヘンに顰《ひそ》めるようにして言ってくる。

「うん、ひょっとしたらそう云うこともあるかも分からないね。でもまあ清造の物は、そうしょっ中出てくるわけじゃなし、出てきたら出てきたで、またその都度手を尽くしますよ。最終的に現物がぼくの手に入りゃあ、それでいいんですから」

「いや、だからそのことについて、お前さんはなんか小金持ちに思われてるフシがあるからさ」

「冗談云うない。ジリ貧の五流作家に、いつまでもそんなもんが残ってるわけないじゃねえか。それが故にぼく、資料が出てきたときに備えて、ガラにもねえ人前に出るアルバイト稼ぎで必死に小銭をプールしている態《てい》たらくなんだから。それだからこそ、市場の水際での入手も狙い続けているんだからなあ」

「そうは言っても、どこかの店からいきなりウブ口《くち》のものが出てきたらどうするつもりなんだよ」

「まともな店なら、そう法外な値段は付けねえだろうし、もし付いていたとしても、そのときはそれが原稿や書簡の一点物の場合ならば、その内容によって改めて交渉しますね」

眼前の古書業者たる新川に気兼ねし、その点については真にふところる思いは表面に出さず、きわめて妥当な正攻法のみを述べた貫多は、また煙草の袋に手をのばして、ここでの三本目となるものに火をつける。そして続けて、

「それに掲載誌の類なら大抵のものは集め終えたし、ぼくが所持してないやつならば、それは当然それなりの値段で買いますがね。しかしそんなのを見つけだしてくるのも、これはかなり難しいはずですよ。『根津権現裏』も、署名入りや例の書き入れ有りのものでない限りは、もうすでに買い控えているし」

「おっ、『根津』集めは、ついにやめたのか。あれもいっときは、出てきたやつは片っ端からすべて買っていたよな」

「なぜと云って、元版が函付きと函なし併せて十八冊、そのうち無削除本の完品が清造の書き入れ本を含めて七冊あって、聚芳閣版が書き入れ本込みで十冊の、その特装版が二冊と、すでにこれだけ架蔵してますからね。これ以上この本を、一冊数万円から三、四十万出して買い集めても仕方ありませんや。全部を突き合わせて、そこから判ったことも何度か文章にしていますし。だからこの本は、署名、書き入れ有り以外のはもういいです。この前も、これは勿論ぼくを当て込んでのことでもないだろうけど、或る古書目録に、これのただの無削除本の函付きが四十八万円だかで出てたけど……未だにこんな、二十年前の頃の値段で売ろうとする業者がいることに驚きましたよ。多分、と云うか絶対売れ残って、そのうち市場に流れてくるでしょうけど」

藤澤清造のこととなると何事につけ、どうしてもムキになってしまう癖《へき》のある貫多が、我知らず唇を捩じ曲げ、せせら笑うようにしてほき捨てると、新川もこれに合わせるように、仕方なしみたいな風情で僅かに緩頬《かんきよう》してみせる。

と、次の瞬間にその新川の表情は、急に何かを思いだした感じのものに変わって、

「いや、なんか最近の古本屋は、売れ残った品をネットオークションって云うの

か？　それを使って捌いているそうだから、そっちに出してくるのかもしれないぞ。お前さんは俺と同じでネットとかを一切使えないから、もしその方に何か重要な資料が出てきたら、それはどうするんだ」

再び、八の字の眉を顰《ひそ》めてみせる。

「ああ、その点は今のところは大丈夫です。ぼく、新川さんと違って携帯電話のｉモードは使えるから、それでその種のオークションでの清造関連のだけは、毎日チェックしてるんです。ここ七、八年で、ぼくが色めき立つようなものはただの一点も出てきやしませんわ。また、もし出てきても親しい知人に今後のパソコン系対策を含め、入札その他の代行をしてもらう手筈は整っていますしね。ただこの場合は、市場と違って少しく厄介なことになりそうなのは予想できますけど、まともに競合する限りは、絶対に取り損ねる事態には至りません。問題なのは、今云った市場の場合と違った突き上げを食らうケースです。けど、それだって或る程度の異常な展開になったら、試しに降りてみることも考えてますよ。本当にその異常な高値に突入しても、尚も清造の資料を欲す人間は、些か思い上がったことを云いますけど、間違いなく世界中で、このぼく以外にはいないわけですからね。もしぼくが降りてしまったら、その競合者は果たして本当にその値段で買い取れるかどうか。フザけた悪戯心で突き上げてきたら、必ずそのツケは廻してあげると云うことです。またそうしたケースのことでなく、単にこのぼくへの転売目的で高値を入れてくる輩がいたとしても、同様にこちらの判断以上のところに達したら降りちまいますね。降りて、そしてその品を後日照会してきたところから買うことはしません。ヘンな云いかたをすれば、清造の肉筆資料に関してはこちとら飽食状態でもあるんだから、その一度だけ意志を曲げ、かの対象物とは縁がなかったものとして、すぐと忘れ去ればいいんです。で、そうなるとどうなるか。その数十万だか数百万だかで手に入れた競合者は見事に当てが外れるわけです。その上で、始末に困ってしょうことなしに古書店に持っていったとしても、総じて自筆物が値崩れしている現時は、そいつはせいぜいが落札値の十分の一程度ぐらいでしか引き取ってもらえないでしょうね。そして結句は市場に流れ、当たり前の値でもって、ぼくがうまうま入手すると云うわけです」

再度シニカルな笑みを洩らしながら呟いた貫多は、更に次の煙草に火を移しつつ、「尤もこんなのは、この時点ではすべてが無意味な妄想への対処法だし、まあ一応の心構えとして述べているだけのことに過ぎないんですがね。それに、これも実際にそう云った事態を招く前に、抽選形式での目録に出てきたときと同様、いくらでも打つ手はありますよ。そんな不毛な競合をする前に、こちらが手に入れてしまう方法がね。何んて云ったって、こちとら二十代での田中英光の資料収集時から、その辺りの技にかけちゃあ、ちと腕に覚えがありますあね」

なぞ述べると、新川は八の字眉を今度は大仰に顰《しか》めて、

「おいおい、俺はもう、あらゆる面でそのへんのことには、そんなに協力なんかもできないぞ」

と、過去に迷惑を蒙ったいくつかの例を思いだしたのか、何か予防線を張る感じで狼狽まじりに言う。

この、すぐさまの反応が可笑しくて一寸噴き出してしまった貫多は、次には吸い込んだラッキーストライクの煙りを、上へ向けて一つ吹きあげたのち、

「今も云ったように、現在その状況にないときから、こうやってあれこれ云ってるのもどうかと思うんですが、備えあれば憂いなし、ってやつですよ。けど、まあいい機会だから、ついでに他の対処法のことも、少し詳しく云うならばですね……」

と、続ける。

そしてすでに話に興が乗って、いつになく饒舌になっていた彼は、尚も新川相手に気持ち良さげに太平楽を述べ立てるのであった。

八月になって二回目の週末が近付いてきても、貫多の夜中の一時前から始まる校訂は、相変わらず続いていた。

そして続けているうちに、彼はその作業が楽しくなっていた。

胸のうちに、いつか〝田中英光〟が蘇えっていたのだ。

小説を書きたい焦躁は依然残っているものの、思えば田中英光作品は、彼がとぼとぼ歩く私小説の一本道の、そもそもの原点である。

その初志に戻らんと決意し、新たな意慾を抱いた折も折に、かの原点と向き合う機会を得たことは、これは決して無意味なことではあるまい。どころか、今こそ必要だった千載一遇の、再びの邂逅であるのやもしれなかった。

ゲラのページを一つ消化し、また次のページに取りかかることが、何やら楽しくてならなかった。田中英光の私小説に接していることが、うれしくてならなかった。このまま、この作業のみを一生続けていたいと云う、やわで甘な気持ちさえも湧いてくる。

無論、過去の田中英光追尋に費したその日々を、徒らに懐しむ思いは、そこにはなかった。

作業に集中し、没頭している最中《さなか》には、そんなものを噛みしめる余裕なぞ、到底ありはしない。

が、自らの心の、封印された奥底に分け入っている感覚は、微かながらも確とあったようではある。

最早、ゲラ中に過剰に付されたルビも差別語の指摘も、まるで気にならなくなっていた。むしろ後者の指摘は、現在この種で問題となる点の、その動向を参考として知る上において有意義であるようにも思ったし、もしかしたら校閲者の余りに神経過剰な書き込みも、少しはその辺りの意図を含んでいるものかとの、好意的な見方をすることもできていた。

収録作に関する条件での僅かな不満や、部数のケタ外れの少なさへの義憤も、すでに雲散している。

現今の出版情勢を考えれば、とあれ刊行してもらえるだけで、充分ありがたい流れに違いないのだ。

この一冊が田中英光再評価の機運に、なぞ云う編者としての思い上がった気負いは一切不要であることも、改めて己が胸に確認した。その礎の、ほんの一助ともなればそれで充分なのである。

ただ、この場合に肝要なのは、偏に信用に足る本文の設定だ。実際、それに尽きるであろう。

そしてこの夜も——自室の一角に聳える、二メートルの特注ガラスケースに収納した藤澤清造の真物の墓標に黙礼し、その傍らの、菩提寺から預らせてもらっている該私小説家の位牌の前に灯明を点したのち、貫多は田中英光作品のゲラに、或る種の巡礼者の面持ちをもて没入するのだった。

十二月に泣く

二〇一五年十二月二十四日——北町貫多は能登七尾の一本杉通りを、桜川方面へと歩いていた。

時刻は午前十時を僅かに廻った頃合である。

こんなに早い時間にその界隈を歩くのは、実に久方ぶりのことだった。ひょっとしたら、十六、七年前に七尾湾沿いの〝なぎの浦〟の町に一室を借り、新宿一丁目の八畳間の豚小屋と行ったり来たりしていた時期まで遡るやも知れない。

昨夜、延々と降り続いた——少なくとも、平生はモグラみたいな昼夜逆転の日々を経《た》て、根がウサギのように神経質にもできているところの貫多が、高さの違う田舎枕で、ようよう寝つくことのできた朝方までは降り続いていたはずの小糠雨は、もうすっかりと上がっていた。冬のこの地方特有の低い灰色の空から、僅かに陽の光りすら射し始めてもいる。

何年か前に、大がかりな〝街づくり改革〟の一つとして新らしく舗装され直したその通りには、前方から貫多とすれ違う者は誰もいなかった。

比較的商店の多い並びであるが、そこに活気や生活臭と云ったものは不思議と感じられない。

その中にあって、濡れた舗道を黙々と進む貫多の足は、決して急ぐものでもなかった。

この時間では、寺の住職も午前中の檀家廻りで不在である公算が高い。

それならばいつものように、午後や夕方以降の時間帯に訪う方が良いのだが、すると今夜はもう、東京に帰ることができなくなってしまう。

金沢に停車する北陸新幹線が開通しても、そこから六十キロばかりも離れた七尾とのアクセスの悪さは、依然として解消されてはいなかった。

それでいて、こうして余り早くに行き過ぎて用向きを果たしたところで、帰路の航空便は夕方近くまで待たなければならないのだから、やはりどちらにしても甚だ上手くはない。

そうなると毎度のことながら、貫多はその寺が——大正期の私小説家、藤澤清造の菩提寺が、も少し交通の連絡の良い地方にあってくれれば、との詮ない望みを、またぞろ無意味に思ってもしまうのだった。

なので彼は、やがて左手に公園への細い入口があらわれるや、迷わずその中へと入って行き、ここはひとまず、のんびりと煙草を吸ってゆくことにしたのである。

その小公園は七尾出身の作家、杉森久英が少年期に居住した跡地でもあったらしいが、かの通りの中での格好なる休憩所であった。

氷雨をじっとり吸い込んだ座高の低いベンチに片足をかけ、頻りと靴底でコッコッ蹴り続けるような真似をしたのは、その場でただボンヤリ棒立ちになりながら煙草を吸うのも、何かサマにならない気がした為である。余り知られてはいないが、貫多と云う男は、これで根がなかなかのスタイリストにできていた。

一本を吸い終えると、立て続けに次のラッキーストライクをくわえて火種を移す。そして用済みとなった吸い殻は、左の手に開いて構えていたところの携帯灰皿の中に押し潰した。

過去には趣味を問われると、〝歩きタバコ〟なぞとつまらぬ答えを返して悦に入っていた貫多も、その根は極めて気弱で、至って世間様の顔色窺いにできているが故に、近年の外出時は尻ポケットに必ずそれを携行するようになっている。

そしてその貫多は、結句《けっく》そこで四本を続けて灰にすることで、ようやくにして二十分程の時間を費消すると、公園を出て、また通りを歩きだすのであった。

相変わらず、前方にも後方にも人の影は見当たらぬ。右側の魚屋にも、店先には誰の姿も見えはしない。

が、それはこの通りにとっては、何もそう珍らしい光景でもなかった。

かの静謐な寂莫感は、貫多のその地の——藤澤清造の菩提寺に赴く際の、一種独特の道行き風景として、彼自身は勝手に好もしく思っているものでもある。

だが此度《こたび》のその感慨は、前方の呉服屋の角から一台の車が出てきたことによって、俄かに現実世界へと引き戻される流れとなった。

いったいに根が車嫌いにできており、運転免許すら持っていない貫多には、その車名と云うか商品名みたいなのはサッパリ判らず、ただ〝トラックの類ではない、普通の白い車〟なぞ云う馬鹿のような表現しかできぬのだが、しかし、その持ち主が件《くだん》の寺の住職であることは十全に承知するところであった。

また先方でも、左折しかけていたのを突然に停車させたのは、反対側から歩いてくる貫多の姿を確と認めた故のことらしい。

で、いよいよ近付いてゆくと、右側の運転席の窓が開き、

「――北町さん、どうされたんですか。今日はなにかお約束してましたかいね」

文字通りの坊主頭の住職が、驚いたような顔を突きだしてきた。

だが貫多の方は、早くもこの通りでもって住職に出会わすとは思っていなかったので、まだ心の準備ができておらず、その問いには一寸虚を衝かれる格好となる。

それだから、

「いや、どうも……この度は、まったく突然のことで……すみません、ご都合も伺わないままにやって来ちまいまして……」

なぞ、しどろもどろの挨拶を述べたが、しかし住職はこの口上だけで用向きを察してくれたらしく、

「ああ、ほれでいらしてくださったんですか。ありがとうございます。いや、お知らせしたものかどうか迷ったんですが、きっとお忙しくされてるんやろうなと思い

ましてね。ほれで、一応遠慮したんですよ。どなたからお聞きになられたんです?」

例によっての、七尾訛りと標準語の入り交じった物言いで尋ねてくる。

「はあ、祖斗吉《そときち》さんからお電話を頂きまして……すぐに駆けつけるべきところを、生憎そのときに限って時間的に制約の設けられた用件をかかえていたもんですから、すっかり遅くなってしまいました」

「ああ、藤沢さんがお知らせ下さったんですか。ほうですかいね……あの、私ちょっとこれから一軒だけお檀家さんのところへ行ってきますさかい、どうぞ寺に上がって待っていてくだいね。寺の方には健ちゃんと、あと兄貴もフランスから戻っておりますすげん、しばらく一緒にお茶でも飲んで、待っていてくだいね」

「はあ。いや、どうぞごゆっくり。ぼく、その間に清造さんのお墓の方にもお参りしておきますので」

云い終えて一つ叩頭すると、住職の方も軽く会釈を返してから、再び丁寧に通りの左右確認を繰り返したのちに、車を出して去ってゆく。

取り残された貫多は、何がなし、いきなり段取りを崩されたような白けた気分にもなったが、しかしその一方で、まずは住職の本日の在寺を確かめられたことに安堵する。

無論、不在であったとしても、今日の眼目は藤澤清造への読経をお願いするものではないので差し支えはないのだが、やはりここは直接面会することが叶えば、それに越したことはない。

とは云え――と、彼は少し考えて、今しがた住職に対して咄嗟に口走った通り、今回も藤澤清造の墓前には、結句いつものセット一式を、一応供えておくことを決める。

この日はその月命日には当たらないし、本然の用件が用件だけに、はなは墓地の方へ廻ったところで、一寸手を合わせる程度で済ますつもりでいたのだが、考えてみると年末のことでもあり、今月は命日の二十九日に出直してこられるかが分からぬ状況でもあるので、これはもうこの際、前倒しで掃苔を行なっておくことに決めたのである。

それだから眼前の角を曲がることなく、住職の車が去っていったのと同じ方向へと再び歩を進めていった貫多は、桜川にぶつかる少し手前の花屋にまず入ってゆき、仏花を四束と、灯明の蠟燭と線香の束を、それぞれ四本ずつ購《もと》めた。

この花屋でもって、そのセットを仕入れるのは、貫多の一九九七年時から続く習慣である。

「――あんた、月曜日のお葬式のときもお見えんさってたやろ」

仏花をひとまとめに包んでくれている最中に、店のおばさんは突然に尋ねてきた。

「いえ、ぼく、月曜も何も、ずっと東京でした。昨日の夜遅くになって、ようやくにやって来れたんですよ」

貫多がありていに答えると、おばさんは露骨に意外そうな表情になり、

「あれ、ほうかいね。いえね、遠くからやったんやけど、あんたらしきお人が座ってるのをチラッとお見かけしたもんやさかい、ああ、見えてなさるなと思ってたんやけども……よう似た体つきの人がおるもんやねえ。髪型の感じなんかも、まるでそっくりやったわ」

「ほう。そんなに似た人が、この界隈にいらっしゃいますかねえ。尤もお寺さんの知り合いであれば、そのうち、あすこでバッタリ出会わすことがあるかもしれませんなあ」

「ほんまに、そうやわいね。けど西光寺さんも、すっかりお寂しいことになって。あの奥さんは、いつもお年よりもはるかに元気な人やったさかいに、息子さんたちもこれから気の毒なことやわいね……」

善良そうなおばさんは釣銭を渡してくれながら、しみじみと呟いてみせる。因みに、この地方で〝気の毒〟と云うのは、〝たいへん〟と云う程の意味を指すものである。貫多はそれを知るまでは——七尾に通い始めた初期の頃には、自身の寺へと出向く精励ぶりをムヤミに〝気の毒〟がられてしまい、その都度内心で、何が哀れなものかと反発を覚え、またそう思われることに首も捻っていたものであった。

花屋を出た貫多は、次には二軒ばかり戻った位置に並んでいるところの、古い酒店のガラス戸を引き開ける。

ここでは缶ビールと日本酒の二合壜を、それぞれ二本ずつ入手するのが、長年の変わらぬ慣例となっている。

そしてこの店の明るい奥さんも、

「西光寺さんも気の毒なことですなあ。これでまったく女手がなくなって……」

その陽気さを打ち消して述べていたが、確かに以前はそれなりに賑やかだったあの寺には、今は六十三歳の住職と六十歳の実弟のかたの、たった二人だけしかいないことになってしまったようだ。

十数年以前に離婚された住職には、元より子供もできずじまいだったのである。

呉服店の角を曲がると、百メートルばかりの細い道が続いている。その突き当たりに、藤澤清造が眠る浄土宗西光寺の山門は聳《そび》えている。

〈山門をくぐると、正面に建つ本堂の全景が見えた。その右手には渡り廊下で結んだ二階家の庫裡があり、転じて左側に目を向けると、わずかに咲き始めている桜の木の向こうに墓地がひろがっている。その後方は丘陵で、そこにも墓石が並んでいたが、傾いたのや壊れているものの多いことが遠目にも知れた。〉

とは、貫多の同人雑誌所載の、いわゆる処女作である「墓前生活」(二〇〇三年)冒頭の一文だが、一九九七年時を映したこの風景は、桜の花がほころび始めていること以外は現在のものと殆ど変わるところがなかった。
変わったところと云えば、ごく最近になって山門の左側には行政サイドが取り付けたらしき、この寺の境内中の旧跡を示すプレートが目を引くのだが、〝奥州藤原四代・鎮守府将軍　藤原秀衡ゆかり〟だの、〝初代　宮崎寒雉梵鐘〟だの、〝第六代横綱　阿武松顕彰碑〟だのの案内はあっても、そこに〝藤澤清造〟の墓碑の存在を指したものは加えられていなかった。

貫多は墓地の方に歩み入ると、まずは高さ三メートル程の地蔵堂のところで荷物を下ろし、その傍らの、藤澤清造の小さな墓碑を眺めやった。
そうだ。もう一つ変わったことと云えば、かの墓碑の右隣りに、藤澤清造の自筆を集字して刻んだ〝北町貫多墓〟が、何か厚釜しい感じでもって建っていた。これは貫多がまだ小説を書く以前の二〇〇二年夏に、先代の住職に懇願を重ねて建立させてもらったものである。

当然、刻字に朱を流し込んだままの自身の墓には目もくれず、それよりやや丈の高い藤澤清造の墓碑にまずは一礼すると、井戸でバケツに水を汲み、花と酒の一セットを携えて丘陵の上へと登ってゆく。そして頂上辺の手前に建つ、藤澤家代々——

藤澤清造の父である六右衛門《ろくによも》系一族の墓の方から掃苔するのも、いつ頃よりかの貫多の慣習になっていた。

その方の墓は、藤澤清造の十三歳年上の長姉が大正五年の暮に建立したもので、現在は藤澤清造から見ての父、母、長姉（建立者）、次姉、それに兄と嫂《あによめ》、そしてその間に生まれながらも夭折した、二人の姪の骨が埋められている。

貫多は此の方には自身の墓石を建てる前の二〇〇〇年の晩秋に、やはり先代住職に申し出て、墓碑の方はそのままに、崩落しかけていた土台のみを改修して、傍らに代々の墓誌を添えていた。

この墓誌は御影《みかげ》の長石を使った、あくまでも貫多にとっての、との意味で甚だしく身分不相応な拵えだったが、以前に青山立山墓地内の田中英光の墓（代々のものを一基にまとめてある）に、遺族のかたによって墓誌が横に建てられているのを見て感嘆し、それを参考にしたのである。

それぞれの名と没年月日、かぞえ年での享年を彫っただけの（誤って彫られた箇所もあるが）極めて簡素な碑文だが、そのうち藤澤清造の分には〈小説家「根津権現裏」「一夜」「恥」「刈入れ時」他〉とも付しており、僭越にもその文字は貫多の手によるものを使ってくれるよう、石材店に依頼していた。

自己顕示慾の類ではなく、当時は今よりも尚と〝わけの分からぬ自称歿後弟子〟の、〝得体の知れぬ半狂人〟視を、藤澤清造関係での行く先々でされていた身でもある。他に〝歿後弟子〟を名乗るに足る何事をも成す術のなかった彼は、せめてそんなことででも、自身の思いをそこにひっそりと刻みつけておきたかったのだ。

まことに虚しい、所詮は独りよがりな行為には違いあるまい。けれどそれが往時の貫多の、周囲の冷笑と黙殺の中で生きてゆく上での唯一の光りであり、心の拠りどころにもなっていたのである。

代々の墓碑に続いてその墓誌の方も洗っていると、下から、こちらに近付く車の排気音が聞こえてきた。

そして、それはすぐとタイヤが境内の砂利を派手に踏みしめてゆく音に同化する。首を捻って見やると、庫裡の正面の小さなガレージ内に、住職の車が後ろ向きで吸い込まれていくところであった。

えらく戻りが早いな、と思ったが、或いは住職の方で貫多の為に気を遣い、急いでくれたものかとも考えれば、彼も今は取りあえず墓参を後廻しにし、所期の用件を果たしてこなければならなかった。

庫裡の玄関口を入り、かたち通りの来訪の口上を述べると、奥から短かい応答の声が返ってくる。

勝手に上がれ、とも取れる返答なので、案内を乞わずに渡り廊下を進み、手前から二番目の障子戸を開くと、その十二畳程の客間にはすでに住職の姿があり、火鉢に炭をついでいるところであった。

ふと貫多は、いつもならこの辺りで襖続きの茶の間より、住職の母堂が長年悪くしている右足を引きずりつつ、ニコニコと現われてくれる展開――それの永久になくなったことが、今一つの大きな変化となっていたのを初めて感じ入る。

「――いや、先ほどはどうも。まあ、お楽にしてくだいね」

法衣を纏ったまま、おっとりとした口調で座布団をすすめてくる住職の表情を窺うと、最前の路上の折にもそうだったが、そこにはさしたる落胆の色も見えぬようではあった。

「祖斗吉さんからは二十日の夜に連絡を頂いたんですが、何日にいけなくなったんでしょうか」

改めてお悔やみを述べてから問うと、

「十九日です。十二月十九日の夜に亡くなり、二十日がお通夜で翌日にお葬式を挙げました。九十一歳でした。もう手術もできない状態でしたげん、覚悟はしていたんですがね。でも最後は苦しんだりすることもなく、いたって穏やかな、安らかな感じで……ほんまに眠るような様子でお別れしていったさかい、それは母にとっても私らにとっても、せめてもの救いになったわいね」

住職は淡々とした口調で言ったが、いったいにこの人は、大変なる母親思いの質ではあった。それは貫多のような人並み外れたレベルでの、肉親いずれとも縁の薄いケダモノからしてみれば、ちょっと理解に苦しむ感じの域のものでもあった。

悪く云えば、余りにも従順すぎる程の接し方を、たかが月一回の、ごく短時間しか瞥見する機会を持たぬ者の目にも、まざまざと見せつけていたのである。

それだから根が案外の非礼にもできているらしい貫多は、もしかしたら住職が、六十三歳にして見るも哀れなまでに憔悴しきっている図も充分に想定した上で、はなはここに臨んできたのであった。

無論、この弔問の発端となった、祖斗吉からの電話——分家たる藤澤清造の家系とは異なる、本家の六左衛門《ろくざみ》筋の血縁にあたる祖斗吉から、その菩提寺の不幸を聞いたときも貫多は決して驚きはしなかった。人間誰しもの、いつかは来る事態が巡ってきた無情を噛みしめたのみである。

だが、これまでかの母堂と幾度となく向き合った客間へ座すに及んで、何やらその有難みみたいな思いは、やけに感傷的な塩梅で想起されてきた。足の疾患を除けば、大正後期の生まれとは思えぬ程に矍鑠として(自ら台所に立つこともしばしばあった)多弁だった件《くだん》の母堂は、ときには耳の痛い忠言や苦言もやんわりと述べてくれたことがあったのだ。

と、その追憶に微かに浸っているところへ、突然に茶の間続きの襖がスッと開き、えらく彫りの深い顔立ちの、初老の年配ながらも若々しい雰囲気を放つ人物が颯爽と入ってきた。

訝ってみるまでもなく、その人物が住職の兄であることは、すぐと察しがついた。

一見、外国人風の容貌でありつつ、それでいて決して大柄ではない件の人物は、

貫多の正面にきちっと膝を揃えて座ると、深々と頭を下げ、

「永淳《えいじゅん》の兄の洸隆《こうりゅう》です。以前から藤沢の六右衛門《ろくによも》さんのお墓にお参りになられていることは聞き及んでおりましたが、私は海外に居住しているものですから、ご挨拶が遅れまして大変に失礼しました」

えらく丁重に言って、再度深々とお辞儀をしてくる。

これに、根が初対面の人間が滅法苦手にできてる柴イヌ体質の貫多は、何やらヘンにドギマギしてしまい、

「はあ、あの、恐れ入ります。いや、ぼくはさんざこちらにはご迷惑をかけてるだけの、単なる清造乞食なんですが、本当にもう、いろいろとすみませんです……」

と、例によって五十近い年齢のくせしての、ひどく不様な台詞をしどろもどろで口走る。

すると、この狼狽を見てとった先方は、そこでふいにニヤリと男臭い感じの笑みを浮かべると、

「本堂の縁の下から、藤沢さんの昔の墓標を持ってったりしたことかいね。いや、それはあんたが持ってた方がええと判断して、うちの親父が許したことなんやから、

なんも気にせんでええがいね」

急にくだけた調子でもって、七尾言葉でまくし立ててきた。

この住職の兄は、元来がその寺の長男であり、三十六代目の住職であった父の跡を継ぐべく西巣鴨の仏教の大学も卒業している。そして一時は七尾に戻り、部屋住みとして寺の雑務に従事していたのだが、一方で若年時より絵画に魅かれ、その方面への希望もやみがたく、結句は三十歳を目前に控えた——と云うから、それは一九八〇年頃のことであろうが、先代住職や母堂の反対を押しきって単身フランスへと渡っていた。で、以降は今日《こんにち》までパリに在住してその地で家庭も持ち、画業の傍ら、リムジンバスの運転手なぞをして生計を立てている——との次第は、貫多もせんから該寺のかたがたより聞き及んでいたところであった。

東京でも何度か個展をひらき、うち一度は彼も足を運んだ様《ためし》もあったが、その絵は工事現場をモチーフにしたものが多く、作業する工夫《こうふ》を独特の太い、しかししなやかな線で描くのを得意としているようであった。

すでに寺の方は、先代住職が歿した七年前に二男であるところの、貫多にとってのお馴染みの、かの〝メガネの副住職〟が継いだのだが、今回は母堂の危篤の報を受けて、十日ばかり前に急遽帰国していたらしい。

その、フランス人女性の妻との三人の子供のうち、二人まではいつだったかの夏休み期間中、子供たちだけで七尾に逗留していた際に貫多も来合わせたことがあり、普通に日本語も駆使しているのを不思議な思いで眺めた記憶もあるが、当時は小学生だった二人もとっくに成人し、それぞれの都合を優先した為に帯同は叶わなかったものであろう。

「――どうかいね、小説の方は。その後も順調に書かれてますかいね。あんたのは私小説、やったかいね。私小説なんて言うたら志賀直哉とか、ああいうジャンルのものやろうけど、俺らそんな小難かしそうなもんは、よう読まんさかいになあ。だから失礼ながら、あんたの書いたもんも、まだ読んだことがないげんけど、まあ、それはそのうちのこととして、堪忍してくだいな」

住職の兄は、寺の長男としての育ちの良さに加え、単身他国で種々の苦労を重ねた人物のことだけあって、最早母堂のことには話題を戻さず、眼前の貫多の為に、しきりとサービス精神を発揮してくれているようだった。

で、それにつられて貫多が、

「はあ、大丈夫です。それにぼくの書くものはそんな立派なもんじゃなく、どこまでもゲスで、どこまでも薄っ汚ねえ類の……」

なぞ云いかけていると、ふいに住職が横合いからこれを遮るように、

「いや、兄さん。この人は酷いんやよ。これまで小説の中で、さんざんお寺の内部のことを書いたりしてるんやよ。特に僕のことは、ちょっと足りんような、ニブいおっさん風にも書いて、しかも、それを全部事後承諾とかにしてくるんやわいね。もう書き終えて、雑誌に載ったあとになって、すみませんとか言ってくるがいね。〝焼肉屋でモツを貪り食べてる生臭坊主〟とか、あることないこと平気で書いてしまうがいね。ほれで何食わぬ顔して、しれっとお寺にやってくるんやから、ほんまに大したもんやわいね。いつか名誉毀損で訴えてやろうと思ってるんやけど……」

半ば本気みたいな抗議口調で、割って入ってくる。

だがその兄の方はこれを豪快に笑い飛ばし、

「ほれなら永ちゃん、かえって堂々と焼肉屋にも行きやすうなって、ええがいね。助かるわいね。何しろ生臭やさかいになあ。画家のモデルと違ごうて、モデルの方でお礼払わないけんわいね」

面白そうに混ぜっかえしてくるのだった。

本堂での母堂への読経は、住職とその弟――寺の三男にあたる健浚《けんしゅん》がつとめた。

貫多にとっては、ここで藤澤清造以外の人物の法要に連らなるのは初めての経験である。

しかし――甚だ甘な話だが、これで彼は、かの母堂に対し、遅ればせながらに最後のお礼を述べることができたような気分になった。

すべては生きている者の都合次第と云い条、案外にこうした儀礼は生者の側にとっての最良の気休めになるものだとも思えた。土台、自身も含めて、死んでもどこからも香華一本手向けられぬ不様な成り行きになる方が多いのだから、これはたとえ気休めであっても、やはり気持ちの上で一つの区切りをつけるには、最適な告別の場であったに違いない。

尤も、その読経の場に臨んで、尚も彼は平生のヨレヨレの黒ジャンパーに、ブカブカの綿ズボンの〝ユニフォーム〟を着用に及んでいたのは、これは些か気が引けぬこともなかった。

貫多がこの、ダメ人間を演じる為のユニフォーム姿で通すようになってから、かれこれ五年程経つが、昨年には住職の口から、その母堂がこれに眉を顰《ひそ》めているとの旨を伝えられたことも、確かにあった。

以前はいかにも真摯な態度で服装もきちんとしており、心底藤澤清造の供養をしている姿勢しか見えなかったのに、ここのところは目も当てられぬまでに身なりから何からダラしない状態で現われ、来ると言って結局来ない月も多く、折角に信用していることちらを、少し嘗めているのじゃないか、との苦言である。

まさかに、〝嘗めてる〟なぞ云う気持ちは微塵もなく、貫多なりのネジれた考えがあってのことだったが、しかし彼の方でも、もうこのユニフォームにも飽きを感じ、そろそろ元に戻そうかと考えていたところである。

が、しかしそれも、この場合には時すでに遅し、と云う格好にもなってしまった。その点に些少の慚愧の念を覚えつつ、貫多は庫裡の玄関口から出てきたのだが、しかし辞去する前に、まだここではやるべきことが残っている。

藤澤清造の墓の方を掃苔しなければならなかった。

なので彼は、桜の古木の向こうになる、その墓前へと再度歩を進めていったのだが、何故かそこに近付くにつれて、今しがたまで抱いていたヤワな慙愧が急速に霧散してゆくのを感じていた。

妙な云いかただが、何かようやく自身の進み出て行くべき場所に辿りついたような安堵を覚えて、忽ちそれまでのことを一気に忘れ去りつつあったのだ。

だが、いざ墓前に立ってみると、この安堵にも或る種の不安めいたものが交じり込んできてしまう。

かの母堂がいみじくも言っていたように、ここ数年の貫多の不心得は、他者の目にも容易に見抜かれる程に、顕著にあらわれていたようなのである。

イヤ、他者の目なぞはどうでもいい。自身がそれについては大いに慊《あきたりな》く思っているということなのだ。

そして更に慊いのは、それを彼が真に自覚したのは、ごく最近の——今年二月の、あの芝公園での夜のことからだったと云うのが、重ねてどうにも不甲斐なく思われるのである。

それが故、彼は五月に入ってから、「芝公園六角堂跡」なる八十五枚の愚文を書いた。商業誌で小説を採ってもらうようになってから、初めて誰に読まれるつもりもない、素人気分のいい気な駄文を、あくまでも自らへの問いかけとしてものした。こんな薄みっともないことは、後にも先にもこれ一篇だけにするつもりでもあった。

しかしその作中で、彼はうっかりと、或るミュージシャンに対して要らぬエクスキューズを用いてしまった。心にもない——ことは決してないのだが、肝心の部分で本音とは異なる、何んとも野暮なエチケットを発揮してしまったのである。

これが活字になった直後から、彼はその箇所がどうにも悔やまれてならなかった。たださえ自らの、何か道を逸脱していたようなふやけた姿を省みて愕然とし、徹底的な軌道修正を図ろうとしていた最中《さなか》でもある。

その是正の一環として該作に手をつけ、当然のことには今までにないレベルの熱情をこめて、自分の為だけに書き上げたはずのものだったのである。

なので、やむなく彼は、次には「終われなかった夜の彼方で」と云う短篇を書かざるを得なくなった。かの「芝公園～」での誤謬《ごびゅう》を訂正する為の作である。これは十一月の中旬に四日ばかりかけて書き上げ、前作と同じ『文豪界』の、二週間程前に発売された新年号に載せてもらった。

ところが、これはこれで、載ったのちにはやはり鬱陶しい後味を残すものにもなってしまったのである。

「芝公園〜」での誤謬は誤謬として、何も改めて云わずもがな、書かずもがなの作を叙さなくとも良かったのではないかと云う一抹の疑問を、今更になってふいと感じる流れを見てしまったのだ。

その作でも記した通り、折角の得難い交遊を、わざわざ自らブチ壊しにする必要はない。仮令それも含めて自己嫌悪の要因になっていたとしても、そんなことはいちいち公言せずに、自分の中でうまく折り合いをつければよいだけの話である。

何もそう大見得を切って、自己の所信表明みたいな野暮臭い独り言を、恰もいっぱし作品風に仕立ててみせるがものはない。いくら誰に読まれるつもりはないなぞ嘯《うそぶ》いたところで、それはひどく浅ましく、ひどく幼稚にも過ぎる振舞いではあろう。

何よりも、そんなことで再々名前を持ち出し、そこに好き勝手に練り込んでしまうのは、当人の思いはどうあろうと、それはただ〝藤澤清造〟を穢すだけの行為にあたるのではないかとの、えらく恐ろしげな不安もよぎってくる。

思えば、貫多がこの私小説家の墓前にぬかずくようになって、今年で十八年が経つ。明ければすぐに九十九年である。

我ながらよく続いていると呆れる一方、その期間の長さを思ったとき、そこには或る疑念がずっと伴い続けてもいる。

いったいに彼は、この期間に何をしてきたと云うのか。ただ勝手に該私小説家にすがり、躍起になって〝歿後弟子〟を名乗り、その資格を得る為に、低能の中卒の身も顧みず彼なりの奮闘は続けてきたつもりでも、それは結句のところ、すべては自身の為だけの行動であって、実際は何んら〝藤澤清造〟の死後の名に寄与するものはないのではあるまいか——。

かねてより心中にふとこり続けているところのこの疑念を、そこでまたひょいと意識の上に浮かべてみると、その途端に貫多の思考は条件反射みたくしてピタリと停止してしまう。

考えたところで、それはいつも無意味な悲観と気休めの堂々巡りに終始してしまい、とどのつまりは答えなぞ出はしないのである。

土台、藤澤清造自体が八十年以上前に死者になっているのだから、そんなものは永久に答えの出ようがないことなのだ。やはり無意味な交遊、華やかな思いなぞは遠慮なく壊してでも、彼は野暮な初一念に戻りたいのである。

貫多は一つ溜息を吐き出すと、今一度膝を折り、その人の墓碑に向かって頭《こうべ》を垂れた。

所詮はどこまでも独りよがりの、ひどく得手勝手な思いであったとしても、もうそれはどうでもよいことなのかも知れぬ。答えが出ないと云いつつも、その実、彼の中ですでに答えは出ているのだ。

(こちとらは清造追尋でとっくに人生を棒にふってかかっているのだから、もはや屁理屈は不要で最後までキ印の流儀を押し通すより他はない。どうで自身のやっていることは死者への虚しい——あくまでも虚しい押しかけ師事に他ならないのだ。なれば、どこまでも徹底的にその影を偲んですがりついたとしても、結句冷笑を浴びるのは自分のみである。その人に実質的な迷惑は何一つかけるものでもなかろう)

——無理にもそう思って、これを結論にするべく、彼は勢いよく膝を伸ばした。

しかし立ち上がると同時に、その口からは我知らずの虚しい溜息が、また一つ洩れてゆくのであった。

と、そのとき、ジャンパーの内ポケットから携帯電話の振動が伝わってきた。引っ取りだしてディスプレイを見ると、先般にそこから藤澤清造の佐々木味津三宛書簡を一通入手したばかりの、骨董品店の屋号が表示されている。慌ててショートメールによる文面を開くと、そこには佐々木味津三宛署名入りの『根津権現裏』も出てきたが入用か、との意の、思いもかけぬ文言が目に飛び込んできた。

佐々木味津三宛の献呈本ならば、当然に本文の伏字箇所も、例によって清造自身の筆で一つ一つ書き込みが施された〝別格本〟の方に違いあるまい。得難い自筆一級資料のうちの一つである。

貫多は息を大きく一つ吸うと、まずはその、旧式の携帯電話の蓋をカチンと閉めた。

このタイミングで、かような連絡が舞い込んだことを〝天啓〟なぞと大甘を云うつもりは毛頭ない。

無論、これをして〝見えない何かの力が作用した〟だの、〝勇気をもらった〟だの、〝背中を押された〟だののくだらぬ陳腐な囈言《たわごと》を述べる流れも、彼としては断固御免を蒙りたい。

かわりにその貫多の身の内からは、ふいとわけの分からぬ笑いがこみ上げてきた。それはハッキリと破顔させるまでに、強く突き上げてくる哄笑でもあった。

そして――バカとも不様ともつかぬ話だが、やがてその哄笑の中には、これまた全くわけの分からぬことに、何やら涙も交じってきたのである。

その師の墓前にあって、貫多の奇妙な泣き笑いは、なかなかに止んではくれなかった。

次第にその割合は、涙の方が勝さってくる塩梅にもなってくる。

それが遂には嗚咽に変わったとき、彼は自らの完全なる半狂人状態に辟易しながらも、内心、すっかり勢いを取り戻した闘志が促すままに、差し当たって一刻も早くの帰京を焦っているのだった。

文春図書館　著者は語る　『芝公園六角堂跡』西村賢太

作者本人を思わせる作家・北町貫多を主人公にした作品を、すでに五十以上発表している西村さん。その「貫多もの」の中で、今作は別格の作だと言い切る。

表題作を書くきっかけは、二年前の二月にミュージシャンの稲垣潤一氏からライブに招待されたことだった。

「会場になった東京タワー近くの高層ホテルの前面あたりは、僕が歿後弟子を自任する私小説作家・藤澤清造が昭和七年に野たれ死にした場所になるんです」

かつて貫多は〝一人清造忌〟と称し、毎年祥月命日の死亡推定時刻午前四時にこの地を訪れていた。しかし著名な新人文学賞（現実では芥川賞）受賞後は、ライブの日まで一度も足を踏み入れることはなかった。

「ただ泉下のその人に認めてもらう為だけに私小説を書き始めたのに、最近は書く理由がずれてきていた。有り体に云えば、名誉欲が勝ってしまっていたんです」

新人賞受賞後はその強烈な個性が注目され、数多くのテレビ出演もこなし、裕福にもなっていく貫多。しかしその為に、月命日の二十九日に清造の能登の墓所に出向くという長年の習慣を破ったことさえあった。

改めてその地を訪れて清造の〝残像〟を感じ、決意を新たにした貫多だったが、話はそれで終わらない。

「表題作では現存する人物に遠慮して、要らぬエクスキューズも付した。これでは書き切ることができなかった、という思いが残り、続く『終われなかった夜の彼方で』を発表しました」

同作では己の書く意味を問い直し、自ら表題作へのダメ出しを行う。極めて静謐な作だ。続く文庫版、田中英光作品の校訂作業を通し、表題作での決意の再確認を試みる「深更の巡礼」、七尾の、清造の菩提寺が舞台である「十二月に泣く」も同様で、「貫多もの」での読者人気が高い、暴力や性風俗の描写は皆無だ。

「これは自分の為に書いたもので、その種は処女作の『墓前生活』以来。いわば自分の内面の定点観測記に過ぎぬものではあるんです。ひどく野暮な作です」

と西村さんは言う。一方、

「暴力と罵詈雑言のシーンばかりを無意味に喜ぶ、くだらない〝自称〟読者にはうんざりしています」

と、はっきり述べる。

今作は、サービス精神が一切排除されているだけに、純化された作家の魂に直に触れるような熱さがある。

「あえて夜郎自大に言いますが、これが合わず、何も汲むところがなければ、もう僕の作は読まなくていい。縁なき衆生です」

――「週刊文春」二〇一七年四月十三日号

別格の記――『芝公園六角堂跡』文庫化に際して

これまでに、かような場を設けて自作の意図説明をした様《ため》しはない。単行本や文庫本でたまさかに付す〝あとがき〟は、当然ながらその種に堕すことを避けている。

別段、他の書き手のように、〝作の解釈や評価は読者が決めるもの〟なぞ云うスカしたスタンスに立ってのことではない。単に発表済みの自作には、もうまるで興味を持てないが故にである（それと所詮はくだらぬ自作について、いかさも深謀風な意図を述べ立てるのは野暮でみっともないと云う思いもある）。

尤もそう云ったそばから言うのも何んだが、本書『芝公園六角堂跡』は、私の中での扱いが他の駄作群と些か異なっている。同じく駄作であることに変わりはないものの、出来不出来の点とは関係なく、これは私にとって別格の作である。この作に関してだけは、私は甚だエゴイスティックにもならざるを得ない。

但《ただし》、何が別格なのかを細かに明かすのは、今、否定したばかりの野暮な意図説明となる（そも小説に作者の自己解説は成り立たないものである）。

なので今回は巻末に、単行本上梓直後の著者インタビューを添えさしてもらうことにした。

これは色々な場で述べているが、いったいに私は、そうしたインタビューでは殆どその場の空気に合わせた適当な発言をしている。こんなインタビューなぞで、いちいちこちらの本音は明かしていられぬとの、不遜な考えからである。

けれど、この『週刊文春』誌のインタビューでは対象作が作であるだけに、すべてを本音で語っている。のみならず、ゲラで自ら言葉の足りない部分に加筆までしたものだ。

至って限られたスペースではあったが、往時はこれで〝別格〟の由縁の一端を大雑把に語ったつもりでいた為に、此度《こたび》もすでに人目に晒された内容でもあることだし、一寸参考文的な意味合いで付しておこうと思ったのである。

だが、今回久しぶりに該記事を読み返したところ、これはもう少し〝別格〟の

〝別格〟たる理由を補足しておく必要を感じた。やはり、いろいろと事情を端折り過ぎて、随分に独り合点なきらいがある。

別格打ち明け話、と云う程のことでもないが、折角の機会でもある故にあえてその愚をやってのけ、該インタビュー文に並べてみたい。


私は二〇一一年からしばらくの間、自身のそれまでになかった勢いでもって、自著の売れた時期があった。

物書きとして自著が売れ、名声が上がるのは大いに結構なことである。が、それに伴って少しく違う方向にも流れていった。

小説書きの本分と云うよりも、藤澤清造の歿後弟子として間違った方向へ、何やら全開《フルスロットル》みたいな状態で突入しようとしていた。

その、一見華やか風の状況には、根がどこまでも〝不遇イコール人生〟の私小説書き体質にできているだけに、割合と早くから違和感を覚えていた。

ひと昔前――私が二十代前半の頃だったと記憶するが、テレビのクイズ番組みたいなのに或る小説家がレギュラー出演をしていたことがあった。そのハードボイルド作品が好きだったが、画面にて硬質な作風からはとても想像できぬ、何んとも物欲しそうな愛想笑いの貼りついた顔を見たら妙な嫌悪感に駆られ、以降、かの作は私と完全に無縁の対象となった（但、断わっておくが、その小説家は当時すでに流行の売れっ子的存在であった。従って私が興味を失ったのは、別段〝裏切られた〟風の思いに駆られてのものではない。即ち、まだ無名の頃からその作に注目し、謂わば自分のみが知る存在であったはずなのに、ヘンに脚光を浴びて有名になってしまったことで已れの掌中の珠を取られた気分に陥り、その反動でアンチに廻ると云う――バカな迷惑読者特有の、手前勝手な歪んだ深情け的心境からではなく、実際、その愛想笑いを振りまく姿に何んともふやけたものを感じた為であった）。

とは云え該小説家は、クレバーにすぐとこの類の番組からは撤退したらしく、その後は本業の小説のみで膾炙する存在となっている。かような一時期のあった事実を知る者の方が、今や少ないはずである。

と、そんな追憶も相俟って、この小説家以上に見苦しく、かつ、さもしげな作り笑いをメディアに露出していたところの私は、次第に、「このままでは、まずいぞ」との自戒が心に生じていた。「藤澤清造の歿後弟子として、このままでは甚だまずいぞ」との思いが、心奥にじわじわと生じていた。

けれどその自覚、自戒と相反し、藤澤清造の歿後弟子を名乗る以上は、自らもまたそれなりの知名度がある作家として、世に認知される存在を目指さなければならなかった。そうでないと〝歿後弟子〟なる自任は、頭のイカれた狂信的ファンの囈《たわ》言《ごと》の域を出ないものとなり、延いては泉下の藤澤清造の名誉まで傷付けるかたちにもなる。

また露出が増えれば金にもなる。宿願の『藤澤清造全集』全七巻を作る為には、最低でも二千万円からの元手を用意しなければならぬ。

心中にふとこる違和感や自戒とは裏腹に、この〈知名度の獲得〉と〈軍資金の荒稼ぎ〉は、私にとってどうでもの必要事であった。

しかし、この違和感は結句《けっく》のところ払拭されることがなかった。逆に増幅していった。

月の命日には絶対に欠かせぬ、能登七尾にある藤澤清造の墓への掃苔も、テレビ収録の口がかかるとそちらを優先させていた。小説書きの本分からは大きく外れた、それらメディア上での〝俄か名士の真似事〟や〝作家タレントの真似事〟も、面白がって嬉々とやっていた。有名人や芸能人と親交を得て、その者らと交流のある現状に満更でもない思いを抱いていた。

誰の思惑でもなく、すべては自らの意志で行なっていたとは云い条、そんな自分に何んとも云えぬ慊《あきたりな》さが募っていた。世にはタレント業にもいそしむ〝作家〟と云うのが、昔も今も数多《あまた》いる。その良し悪しは他人事ゆえに一切関知せぬが、少なくとも私に限っては、自身のこうした、ヘンに調子をこいた妙な流れに慊さを感じていた。かような流れは不屈の〝負〟を貫き、不遇のままに文字通りの野垂れ死にを遂げた〝師〟に、到底顔向けができぬ心得違いなものであると思われてきた。

自分は、一体何んの為に私小説を書いているのか。単に名声を得て、文化人的立ち位置におさまるのが目的ではなかったはずである。

それなりに地に足をつけていたつもりでも、知らず知らずのうちにこの態《てい》たらくとなっている自分が、違和感が増すにつれてイヤでイヤでたまらなくなってきた。

で、その思いのいよいよ極みに至ったのが、二〇一四年の晩秋であった。

それを振り返る上で便利なのは、公開することを前提としてつけている日記である。

この時期を包括するところの『一私小説書きの日乗　遥道の章』（KADOKAWA刊　当時の初出は、『小説野性時代』誌）で見ると、二〇一四年十一月三日の項には創作、紙媒体以外の場でのマネジメントを委託している会社（一部で誤解があるようだが、私はそこに〝所属〟はしていない。あくまでも小説関係以外のメディア出演時のみの、マネジメント契約のかたちだ）の、窓口担当者が変更になった旨に続けて、

〈（前略）向後は（現在決まっている分以外の）テレビ、ラジオ出演のアルバイト仕事は減るであろう。元より、これまでも云う程の、この手の〝日雇い〟の数はこなしていない。が、爾後は今まで以上に、せいぜいが月一回程度の、最低限の名前宣伝の範疇に止どめる。

無論、それは自分の意志によるところである。やはり、何が因なのか判然とせぬ違和感のようなものがある。

約四年に亘って、メディア方面ではたまさかに馬鹿ヅラを晒してきた。しかし、

はなの無名の書き手であったが故の、少しでも知名度を上げ、まずは虚名でも認知度を高めようとの目的は、良くも悪くも或る程度まで果たした気もする。この点については、今後の上積みはないに違いない。

と、なればあとは書く方だけでもよかろう。引き続き、自身の小説を黙々と書くのみで良い。軍資金の面でも、一応の足場は固まった。

以降はあくまでもバイト仕事らしく、そのときどきの状況に応じて対処すればいいであろう。（後略）〉

と、ある。繰り返すが、これは二〇一四年十一月三日の項の記述だ。

そしてその三箇月後に、「芝公園六角堂跡」に出てくるJ・Iさんのライブに招かれ、終演後には〝完全に目が覚めた〟状態となるのだが、この部分を前出の日記の方で当たると、二〇一五年二月十一日の項に、

〈（前略）終演後の軽い打ち上げにも交ぜて頂き、解散前には稲垣氏の指名で、僭越にも閉めの一言を述べる栄に浴す。

しみじみ、感無量の一夜。
が、そのあとがいけなかった。一人になり、会場のホテル前の藤澤清造終焉地跡に佇んだとき、自分の馬鹿みたいに上気した得意顔は、不様に歪む格好となった。
自身の、知らず知らずのうちの不心得を直視。
結果、これは良い機会であった。かねて、自らの内にふとこっていたところの違和感（昨年の十一月三日の項にも記した）の、その因がハッキリ解った。〉

と、叙している。ここ数年の自らの慊さと嫌悪を完全に自覚し、惑いを振り払うこととなった一夜である。

そして、こののち――また三箇月を経た二〇一五年の五月九日から、その心得違いの顛末を記録すべく、格別の決意をもって本作「芝公園六角堂跡」を書き始めたと云う次第だ。

かの稿を継いでいる間、常に私の念頭にあったのは、同人雑誌発表の実質的な処女作である「墓前生活」だった。

先の日記でも書いていた通り、知名度と軍資金については一応の成果は得たかと思えた。もう、ここいらで〝墓前に戻る〟ことを自身の胸に確認する意味でも、該作をものしていた往時の無私無欲（との云いかたを、あえてする）の気持を反芻していた。

「芝公園六角堂跡」では、はなから読み手を喜ばせようとの思いは微塵もなかった。拙作には付き物と見做されている、どうにもくだらない部分——私小説の読みかたも知らぬ幼稚な、本来、拙作とはどこまでも無縁たる、お門違いの〝自称〟読者がキーキー喜ぶ罵詈雑言や暴力描写の類は一切排し、自分の物書きとしての本然の質のみを前面に押し出すことにした。

当初予定の九十枚を大きく割った枚数でありながら、脱稿までに二週間もの時日を要したのも、書きだすと案外な速筆派となる私としては、まことに珍しき例ではあった。

ここは大袈裟だの手前味噌だのの誹《そし》りを恐れずに云うが、実際、一字一句に惑いを捨て、〝墓前に戻る〟決意をこめていたが故にである。

そんな異例の自負と自信だけでも「芝公園六角堂跡」は私にとっての〝別格〟作であり、そのエッセンスの点では、今後のすべての自作の道標でもある。

著者校も終えて『文學界』編輯部に戻したときの心境は、当時、日記にはこう吐露している。

〈(前略)この駄作に限っては、人様に読んで頂く目的は一切ない。今の自分の為にどうしても書く必要があっただけである。即ち、アマチュア気分の〝いい気な愚作〟に他ならない。そんなもの、商業文芸誌に原稿料をもらって発表するな、と云った類のものでもある。

が、これはこれで良し。自分の為に、これでいい。(後略)〉

二〇一五年五月二十六日の項の記述(初出は『小説野性時代』二〇一五年八月号。発売は同年七月十二日)だが、全くもって、かように割り切った気持ちで商業誌に小説を書いたのは、これが最初の(そしておそらくは最後の)様《ためし》であった。

因みに、日記引用部分に細かく初出、そしてその発売の日付けを強調している点には、無論のことに理由がある。当該日記部分の、殊に十一月三日の項の初出は先述の通り二〇一四年の時点であり、「芝公園六角堂跡」についても、初出誌の『文學界』二〇一五年七月号が発売されたのは、同年六月五日（通常は七日が発売日だが、このときは例外で繰り上がった）である。つまりは、テレビのバラエティー番組にたまさかに出る小説家と云うのが、私の他にはまだ殆どいなかった時期である。この、ことの成り行きを裏付ける時間的な記述は、該作が別格である旨を述べるにあたって、甚だ重要なる点だ。

〝墓前に戻った〟ことのメリットは、対外的には何もない。むしろ、損失に等しいとの観がある。

こんなのは、結句は異形の自己満足であろう。どこまでも独りよがりの、珍妙な偏屈ぶりに相違あるまい。何も折角に新しく得た環境や人間関係、交遊を自ら壊して清算する必要もない。それらも継続させながら、一方では従来通り、〝歿後弟子〟を勝手に名乗っていればいいだけの話ではある。

が、しかしそれでは気が済まなかったのが、この「芝公園六角堂跡」を書く契機となったのである。

落魄の果てに野垂れ死にをした〝師〟の残影に――その無念に改めて取り憑かれることを望んで、進んでそこへおさまろうとしたかたちだ。

だからこそ、そんなあらゆる意味での社会の落伍者たる私が、それでも生きている原動力、矜持、コケの一念の在処《ありか》と云ったものを、この作と、併録の三つの続篇中には随所に、——必要以上に分かり易く明示したつもりでもいる。

——で、それから五年半を経て、この〝別格〟たる作は暫時の間、再び新しき読み手の新しい目にふれる機会を得てくれた。

作者にとっての別格かどうかは、読み手側からすれば全くどうでもいい話に違いあるまい。私としても、新しき読者のかたには前掲のインタビュー記事の、その末尾の一節を改めて告げるのみである。

最後に、此度の文庫化にあたっては、サブタイトルとして「狂える藤澤清造の残影」の文言を付したことを申し添えておく。

親本での帯のメインコピーだったが、元は本文中の一節から引いて取ったものである。

自身では〝墓前に戻った〟つもりでいるその姿も、これを一寸客観的に眺むれば、師に対してムヤミに殉教者ヅラをした「狂える残影追尋者」の醜態《ぶざま》きわまりなき、陰鬱なる彷徨としか映らぬであろう。

なれば遠慮なく――これまで以上に遠慮なく、向後は尚と一層に、件の狂える状態を維持して貫く気概と云うか気負いの、重ねての表明の意味合いも秘かに兼ねてのことである。

西村賢太

二〇二〇年十月二十九日　能登七尾の常宿にて

初出

芝公園六角堂跡　「文學界」二〇一五年七月号
終われなかった夜の彼方で　「文學界」二〇一六年新年号
深更の巡礼　「小説現代」二〇一六年二月号
十二月に泣く　「すばる」二〇一六年六月号

単行本

二〇一七年三月　文藝春秋刊

本書の無断複写は著作権法上での例外を除き禁じられています。
また、私的使用以外のいかなる電子的複製行為も一切認められておりません。

文春文庫

芝《しば》公《こう》園《えん》六《ろっ》角《かく》堂《どう》跡《あと》
狂《くる》える藤澤清造《ふじさわせいぞう》の残影《ざんえい》

定価はカバーに表示してあります

2020年12月10日　第1刷
2023年7月15日　第3刷

著　者　西《にし》村《むら》賢《けん》太《た》

発行者　大沼貴之
発行所　株式会社 文藝春秋

東京都千代田区紀尾井町 3-23　〒102-8008
TEL　03・3265・1211㈹
文藝春秋ホームページ　http://www.bunshun.co.jp
落丁、乱丁本は、お手数ですが小社製作部宛お送り下さい。送料小社負担でお取替致します。

印刷・大日本印刷　製本・加藤製本
Printed in Japan
ISBN978-4-16-791612-1

（　）内は解説者。品切の節はご容赦下さい。

新田次郎
ある町の高い煙突
日立市の「大煙突」は百年前、いかにして誕生したか。煙害撲滅のために立ち上がる若者と、住民との共存共栄を目指す企業。今日のCSR（企業の社会的責任）の原点に迫る力作長篇。

に-1-45

西村賢太
小銭をかぞえる
金欠、愛憎、暴力。救いようもない最底辺男の壮絶な魂の彷徨は、悲惨を通り越し爆笑を誘う。表題作に「焼却炉行き赤ん坊」を加えた、無頼派作家による傑作私小説二篇を収録。（町田　康）
に-18-1

西村賢太
芝公園六角堂跡
狂える藤澤清造の残影
惑いに流される貫多に、東京タワーの灯が凶暴な輝きを放つ。何の為に私小説を書くのか。静かなる鬼気を孕みつつ、歿後弟子の矜持を示した四篇。巻末には新しく「別格の記」を付す。
に-18-5

西川美和
ゆれる
吊り橋の上で何が起きたのか——映画界のみならず文壇でも注目を集める著者の小説処女作。女性の死をめぐる対照的な兄弟の相剋が、それぞれの視点から瑞々しく描かれる。（梯　久美子）
に-20-1

西川美和
永い言い訳
「愛するべき日々に愛することを怠ったことの、代償は小さくはない」。突然家族を失った者たちは、どのように人生を取り戻すのか。ひとを愛する「素晴らしさと歯がゆさ」を描く。（柴田元幸）
に-20-2

西　加奈子
円卓
三つ子の姉をもつ「こっこ」こと渦原琴子は、口が悪く偏屈で孤独に憧れる小学三年生。世間の価値観に立ち止まり悩み考え成長する姿をユーモラスに温かく描く感動作。（津村記久子）
に-22-1

西　加奈子
地下の鳩
暗い目をしたキャバレーの客引きの吉田と、夜の街に流れついた素人臭いチーママのみさを。大阪ミナミの夜を舞台に、情けなくも愛おしい二人の姿を描いた平成版「夫婦善哉」。

に-22-2

沼田真佑
影裏《えいり》
ただ一人心を許した同僚の失踪、その後明かされた別の顔――崩壊の予兆と人知れぬ思いを繊細に描き、映像化もされた第一五七回芥川賞受賞作と、単行本未収録二篇。（大塚真祐子）
ぬ-3-1

花房観音
愛の宿
京都の繁華街にひっそりとたたずむラブホテル。ある夜、偶然泊まり合わせた数組の男女の性愛の営みと、思いもよらない本音を、官能と情念の名手が描き出す短編集。（逢根あまみ）
は-55-1

畑野智美
神さまを待っている
真面目に働いていた大卒26歳の愛。派遣切りに遭い、あっという間にホームレスになり、出会い喫茶を知るが……。「助けて」と言えない私がいけない？　傑作貧困女子小説。（佐久間由衣）
は-57-1

樋口有介
あなたの隣にいる孤独
「あの人」から逃げるために母と二人、転々と暮らしてきた無戸籍児の玲菜。そして母の失踪。初めて出来た友人・周東とその祖父とともに母を追い、辿り着いた真実とは――。（伊藤沙莉）
ひ-7-10

ヒキタクニオ
バブル・バブル・バブル
バブルのまっただ中、福岡出身で二十代の俺は汐留の大型ライブハウスの内外装の責任者に大抜擢、モデルと結婚して絶頂の日々も、長くは続かなかった。青春の実話ノベル。（日比野克彦）
ひ-16-5

平野啓一郎
マチネの終わりに
天才クラシックギタリスト・蒔野聡史と国際ジャーナリスト・小峰洋子。四十代に差し掛かった二人の、美しくも切なすぎる恋。平野啓一郎が贈る大人のロングセラー恋愛小説。
ひ-19-2

平野啓一郎
ある男
愛したはずの夫は、全くの別人だった――弁護士の城戸は、かつての依頼者・里枝から「ある男」についての奇妙な相談を受ける。人間存在の根源に迫る、読売文学賞受賞作。二〇二二年映画公開。
ひ-19-3

（　）内は解説者。品切の節はご容赦下さい。

藤沢　周
界
月岡（新潟）、指宿（鹿児島）、化野（京都）、宿根木（佐渡）――邂逅と不在が綾なす漂泊の果てに、男が辿りついた場所とは。九つの場所を経巡る藤沢周の本格小説集。（姜　尚中）
ふ-19-4

藤崎彩織
ふたご
彼はわたしの人生の破壊者であり、創造者だった。異彩の少年に導かれた孤独な少女。その苦悩の先に見つけた確かな光とは。第158回直木賞候補となった、鮮烈なデビュー小説。（宮下奈都）
ふ-46-1

深沢　潮
海を抱いて月に眠る
親戚にも家族にも疎まれながら死んだ在日一世の父。遺品の中から出てきた古びたノートには、家族も知らなかった父の半生が記されていた――。新しい在日文学の傑作。（斎藤美奈子）
ふ-47-1

古市憲寿
平成くん、さようなら
安楽死が合法化された現代日本で、平成《ひとなり》くんは、平成《へいせい》の終わりとともに死にたいと恋人の愛に告げる――いまの時代を生き、死ぬことの意味を問い直す意欲作。著者の新たな用語注解付き。
ふ-48-1

丸谷才一
樹影譚
自分でもわからぬ樹木の影への不思議な愛着。現実と幻想の交錯を描く、川端康成文学賞受賞作。これぞ、短篇小説の快楽！「鈍感な青年」「樹影譚」「夢を買ひます」収録。（三浦雅士）
ま-2-9

町田　康
くっすん大黒
すべては大黒を捨てようとしたことから始まった――爆裂する言葉、堕落の美学。日本文学史に新世紀を切り拓き、熱狂的支持を得た衝撃のデビュー作。「河原のアパラ」併録。（三浦雅士）
ま-15-1

町田　康
きれぎれ
俺は浪費家で酒乱、ランパブ通いが趣味の絵描き。下手な絵で認められ成功している厭味な幼友達の美人妻に恋慕し、策謀を練ったが……。「人生の聖」併録。芥川賞受賞作。（池澤夏樹）
ま-15-3

（　）内は解説者。品切の節はご容赦下さい。

松浦理英子

最愛の子ども

それぞれのかかえる孤独ゆえに、家族のように親密な三人の女子高校生。手探りの三人の関係は、しだいにゆらぎ、変容してゆく。泉鏡花文学賞受賞の傑作。（村田沙耶香）

ま-20-2

丸山正樹

漂う子

行方不明の少女・紗智を探すことになった二村直は「居所不明児童」という社会の闇、子供を取り巻く過酷な現状を知る。親になるとはどういうことか、を問う問題作。（大塚真祐子）

ま-34-2

又吉直樹

火花

売れない芸人の徳永は、先輩芸人の神谷を師として仰ぐようになる。二人の出会いの果てに、見える景色は。第一五三回芥川賞受賞作。受賞記念エッセイ「芥川龍之介への手紙」を併録。

ま-38-1

宮本　輝

愉楽の園

水の都バンコク。熱帯の運河のほとりで恋におちた男と女。甘美な陶酔と底知れぬ虚無の海に溺れ、そして脱け出そうとする人間を描いて哀切ここにきわまる宮本文学の代表作。（浅井愼平）

み-3-6

宮本　輝

青が散る（上下）

燎平は大学のテニス部創立に参加する。部員同士の友情と敵意、そして運命的な出会い――。青春の鮮やかさ、野心、そして切なさを、白球を追う若者群像に描いた宮本輝の代表作。（森　絵都）

み-3-22

皆川博子

U《ウー》

第一次大戦中に展開された独軍のUボート極秘作戦と、一七世紀オスマン帝国が誇ったイェニチェリ軍団。ハンガリー、ルーマニア、ドイツ生まれの三人の少年の時空を超えた数奇な運命。

み-13-11

三田　完

あしたのこころだ

小沢昭一的風景を巡る

俳優や俳人、エッセイスト、ラジオの司会者など多才だった小沢昭一さんを偲び、「小沢昭一的こころ」の筋書作家を務めた著者が向島や下諏訪温泉など所縁の地を訪ねて足跡をたどる。

み-37-3